启真馆 出品

冯伟才

著

大师们的小说课

经典外国小说的读法与写法

Writing Lessons from Famous Writers
and Nobel Prize-Winners

ZHEJIANG UNIVERSITY PRESS
浙江大学出版社

·杭州·

图书在版编目（CIP）数据

大师们的小说课：经典外国小说的读法与写法 ／ 冯伟才著 . —杭州：浙江大学出版社，2023.8
（启真讲堂）
ISBN 978-7-308-24045-1

Ⅰ. ①大… Ⅱ. ①冯… Ⅲ. ①小说研究－世界 Ⅳ. ① I106.4

中国国家版本馆 CIP 数据核字 (2023) 第 133335 号

大师们的小说课:经典外国小说的读法与写法
冯伟才　著

责任编辑	叶　敏
文字编辑	程江红
责任校对	张培洁
装帧设计	周伟伟
出版发行	浙江大学出版社
	（杭州天目山路 148 号　邮政编码 310007）
	（网址：http:// www.zjupress.com）
排　版	北京楠竹文化发展有限公司
印　刷	北京中科印刷有限公司
开　本	880mm×1230mm　1/32
印　张	7.5
字　数	142千
版 印 次	2023年8月第1版　2023年8月第1次印刷
书　号	ISBN 978-7-308-24045-1
定　价	52.00元

序

大师们给我上的小说课

我读小说的经验

从青年时期接触文学开始，我就是一个"小说迷"。从童年读的民间通俗文学《伦文叙三戏柳先开》到外国文学《亚森·罗苹探案》《福尔摩斯探案》，再到成年之后读的文学作品，大部分都是小说类。20世纪60年代末看了巴金、鲁迅等现代文学作家的小说，便一发不可收，把《中国新文学大系》及其续编（香港出版）都看了，对20世纪二三十年代新文学发轫时期的小说创作有了一个基本的认识。

那是我半工半读的时期，一边打工，一边游走于香港与九龙的各类型图书馆之间。除了公共图书馆，中山图书馆和窝打老道的一家忘记名字的私人图书馆，我都有过借书证。本书中《陀思妥耶夫斯基——文学中的大爱精神》一篇开头说：

我是从鲁迅的文章中认识陀氏的。读了鲁迅的《穷人》小引，我便迫不及待地去看陀氏的这本小说。然后是《被侮辱与被损害的人》《白夜》《死屋手记》《罪与罚》《白痴》《卡拉马佐夫兄弟》《群魔》……总之，能找到他的书的地方，我都去遍了。当时买新书太贵，主要是去旧书店买，找不到就去图书馆借。当时香港大会堂的陀思妥耶夫斯基著作英文版，我借了一次又一次，那段时期可说是我的陀思妥耶夫斯基岁月。

当年为了看陀氏的书（中译本和英译本），我跑遍了香港与九龙不同类型的图书馆，耿济之翻译的《死屋手记》就是从中山图书馆借来的，而《罪与罚》等的英译本则是在香港大会堂借的。那时候看的外国作品，还包括《约翰·克利斯朵夫》《堂吉诃德》以及莫泊桑、屠格涅夫、巴尔扎克、契诃夫等欧洲作家的长短篇小说。尤其是罗曼·罗兰的《约翰·克利斯朵夫》，可说是我的写作启蒙书。傅雷的译文是一种不露痕迹的翻译，其文字的优美令我终身受益，而小说的励志成分也不断地鼓舞我前进。还有莫泊桑那种观察入微的人世沧桑，契诃夫冷峻笔触下的温情，都让我过早地有种看透人生的感觉。

那个年代（20世纪70年代初）的香港还有美国图书馆和英国文化协会图书馆，都可供读者外借。我在本书谈论加西亚·马尔克斯的文章中说：

那是20世纪70年代初,当时20出头,由于在中环工作,而且常常要外出,因此中环的美国图书馆和英国文化协会是我平时流连最多的地方。在美国图书馆,我囫囵吞枣地看了许多当代(20世纪40至70年代)美国作家的作品,如海明威、福克纳、贝罗、辛格、奥茨等(有部分中文翻译本)。在英国文化协会的图书馆,我又接触了一直十分喜欢的弗吉尼亚·伍尔夫和她同时代的一些英国诗人的作品。而通过两家图书馆的文学杂志,我又接触了大量的美国文学以外的欧洲作家和拉美作家的作品。

我对欧美文学和拉丁美洲文学的兴趣,就是从那时开始的。本书讨论的大部分外国作家的作品,我也是在那段时期最先接触的。我还记得初读索尔·贝娄作品时的震撼。(香港中译本有《摆荡的人》和《何索》,刘绍铭译的,后来有内地中译本《赫索格》。)除上面那些作家的小说作品,我还看了福克纳及其他一些美国作家的传记及评论。当年美国图书馆有大量美国出版的文学杂志,《巴黎评论》的作家访问、《今日世界文学》(*World Literature Today*)的东欧和拉美文学专辑都让我大开眼界。在英国文化协会图书馆,我看的是乔伊斯、艾略特和伍尔夫等人的作品。乔伊斯的英文版《尤利西斯》实在没有能力读完(后来才看了中译本),但评论倒看了一些,并且十分佩服其创新的勇气。伍尔夫的作品我看得比较多，我当时把她视为我的文学女神，除了她的小说，她的几本日记我也选择性地看了一部分。

20世纪70年代也是台湾书在香港售卖的黄金时期。大量台湾新潮文库的名著译本涌入香港，后来又加上了远景出版社的。两家出版社除了再版一些原在内地出版的外国文学译本，也请台湾译者翻译了一些名著。像法国普鲁斯特的《往事追忆录》和德国的《锡鼓》（简体版由德文译作《铁皮鼓》）等，当然还有萨特、加缪、卡夫卡、川端康成、芥川龙之介、三岛由纪夫……

那时候，我的其中一个志向是成为小说家。

小说读多了，便跃跃欲试。20世纪70年代中期，受存在主义思潮的影响，我写了一个关于生存意义的短篇，将其寄给了《星岛日报》的副刊主编辑何锦玲，想不到很快便登了出来。但那时的兴趣却是话剧，既参加业余剧社，也写剧评，因为对评论的兴趣更大，小说创作就丢在一边了。虽然后来刘以鬯编的《快报》副刊征短篇小说，我投了四篇过去都刊登了，也在《东方日报》副刊和《星岛日报》副刊写过小说，但都是以赚稿费的心态写，并没有认真经营。也许是小说看多了，就觉得写起来也不是难事，但要认真写出杰作，还要费不少功夫，而我这个人比较急进，心想，还是假以时日吧。

因为喜欢看小说，在20世纪70年代中期还与一群朋友不自量力地去编一本香港小说选，即《香港短篇小说选——50至60年代》。这本书虽在70年代末编完，却因为没有资金，到几年后才由编辑们合资出版。所幸我们选的一些小说，大部分作品今天已成了香港文学的经典。80年代三联书店要编年度香港短篇小说选，由我开了头，先后编了《香港短篇小说选（1984—1985）》和《香港短篇小说选（1986—1989）》两册（其后黎海华、许子东等继续编了下去）。在三联版的小说选中，我对如何界定香港文学作家作品划出了一些范围。虽然后来有人提出过一些异议，但总体看法也差不多。90年代天地图书在艺术发展局的资助下，组织编辑队伍编了20世纪50年代至90年代差不多近50年的香港小说作品选编，我负责的是70年代部分。

交代上面的流水账，主要是想说明，本书其实是我对所细读过的一些小说经典的致敬。没有那些经典的引导，我对一篇优秀小说的要求和看法就没有一个令人信服的准则。而积累了那么多阅读小说的经验，我形成了一种对优秀小说的期望：对人生有所启发，作者有独特的视野（vision），叙事技巧（form）能与内容（content）融为一体，通过小说理解作者自身的存在意识——他如何看世界、世情、社会、人生等。简单地说，我已不是为了消闲而看小说，而是为了提高自己的人生境界，是有点把小说创作当成哲学和文化研究了。

因此，读者可以从本书所讨论的小说家及其作品中，看到我是如何演绎作品所体现的世界观和人生观的，而在此过程中，我又是如何把作者和作品合为一体，从而走进作者的内心世界的。

从观摩中学习小说写作技巧

在学校教写作课时，我开头总是说：写作是没法教的，一定要你多看，尽量多看，如果你喜欢小说，就要多看好作品，从好作品中学习。

所谓好作品，当然有不同的层次。但那些经过数十至一百年仍然被视为楷模的经典作品，自有其可资学习之处。说到写作能不能教，我的说法无疑比较极端。教自然是能教，但一定要找 90 分至 100 分的作品来教。所以，除了香港文学作品外，本书所写的部分作家的作品也是我上课时用到的教材。在岭南大学硕士班上的文学批评课，以及社区学院的写作课上，我就选过陀思妥耶夫斯基、福克纳、伍尔夫、卡尔维诺、普拉斯、库切等人的作品当作教材。我常常说，从 100 分的作品中去学习，即使学到七成，也有 70 分，但如果从 70 分的作品学习，学到七成，便只有 49 分。而且，如果向低水平的作品学习，你永远看不到高山，也就不知道小说写作能达到怎样的高度。

讨论莱辛的《金色笔记》时，我在前面加了一段话：

在学校教小说创作时，我不时强调，到了 21 世纪的今天，基本上没有什么小说创作形式是没被尝试过的。由传统的自然主义和现实主义、现代主义到意识流、新小说，再到后现代主义的后设小说/元小说（metafiction），我们能想到的小说形式，都曾经出现过。当然，那些小说家每一次新的尝试，都会受到文坛的重视和谈论，像福楼拜的心理刻画和内心独白，乔伊斯和伍尔夫的意识流，罗布－格里耶（Alain Robbe-Grillet，1922—2008）的新小说，及约翰·巴斯（John Barth，1930— ）和多丽丝·莱辛（Doris Lessing，1919—2013）的后设小说等等——当然还有各种实验性强的作品，但名气没有前面几位大家大。

所以，小说创作的技巧除了一些传统的写作方法，例如故事、结构、人物等，便余下观摩一途。而从观摩中学习，首先是要看懂作者用的是什么技巧，其叙事角度和结构如何跟作者想表达的意念做有机的配合。无论你是读者还是作者，首先要有一个开放的心灵接受前人作品或好或坏的表达方式。

小说作为一种写作形式，在西方文学界可以追溯到荷马、柏拉图或更早的时期，而在中国，根据今天对小说形式的定义，《诗经》不一定是诗，也可能是小说创作。所以，千百年来许多小说作者都在形式上力求突破，于是就有了上面提到的各种小说形式的界定。

　　然而，形式并不是小说写作者的唯一追求，一些不断尝试新形式的小说家，有时会被批评为形式主义者，会被认为太注重形式而掩盖了空无一物的内容。中国新文学开创时期便主张过为人生而文学的创作口号，到左翼批判现实主义当道的年代，形式先行更被视为不关心社会、漠视民生疾苦。因此，20世纪是大陆和台湾华文小说创作论争最多的时代，华文小说创作经历了多场写什么和怎么写的争论。中华人民共和国成立之后，对写什么和怎么写都提出过严格的要求。在台湾地区，20世纪80年代也经历过现代主义与现实主义的论争。上述所有的创作主张和争论，都影响了小说作者的作品成绩。同时，也因为评价潮流的不同，小说的好与坏又总是说不清。就拿张爱玲的《赤地之恋》和《秧歌》来说，夏志清认为它们比鲁迅作品的成就更高，但不少评论家都认为，上述两本小说是张爱玲的败笔之作。他们的看法，在其认识范围内都不能算错。像张爱玲这一类大多写身边人和事的作家，要她写她不太熟识的政治题材，无疑有点吃力。对比于夏志清的褒奖，柯灵说的却完全相反："张爱玲的小说《秧歌》和《赤地之恋》的致命伤在于虚假，描写的人、事、情、境，全都似是而非，文字也失去了作者原有的美。"如再加一些客观标准，那时候《赤地之恋》在美国没有出版社愿意出版，而它在香港出的英文版也是美援的小印刷厂粗制滥造印出来的，连张自己都极不满意。

其实，外国作家虽然不像 20 世纪的华文作家那样受到政治的直接影响，但是对其作品的评价也会因应时代风尚而有所不同。拿陀思妥耶夫斯基来说，他的作品在俄国和苏联时代存在或好或坏的评价，在西方也有过一些争议。但是到今天，所有的争议都被一个评论家一锤定音了。这个评论家就是巴赫金，他的《陀思妥耶夫斯基的诗学问题》，把研究陀氏作品的境界带上一个新高度。之前有些评论家认为，陀思妥耶夫斯基的小说太啰唆，作者描述的部分也太冗赘，但其作品丰富的内涵和思想性却是令人钦佩的。但巴赫金用了音乐上的复调理论解释陀氏作品的叙事风格，并研究出关于小说技巧的对话理论，以此详细分析了陀氏作品在叙事方面的成就。此后，陀氏小说中曾被某些批评家视为缺点的地方，变成了分析对话理论的最佳例子。这或许可以说明，优秀小说并不是每个读者都能懂的，评论家的介绍和分析是十分重要的一环。

那么，如何写出一篇优秀小说呢？关于小说的技巧，坊间已有不少教人写作的书，整体来说，都是集中讲一下如何描写人物、如何生成故事情节的逻辑以及叙事架构等，至于小说的内涵，或者说思想性，却是没人能教的。本书在讨论伍尔夫的《到灯塔去》和福克纳的《喧哗与骚动》时，特地从技巧和内容的结合入手，解释意识流技巧是如何服务于小说主题和内容的。意识流小说主要描写主人公的内心世界，无论他们是好人还是坏人，是自私的还是宽宏大量的，作者都想通过其意识流动中的思绪告诉读者一些信息。作者并不是要引起读者的共鸣，而是想借用人物的内心感受来推动故事发展。其余的作品，我也尝试用深入浅出的文字和浅白易懂的评论，让读者领会其中的精粹。例如在谈到萨拉马戈的小说《盲目》时，我点出了作者把医生太太设计成唯一没失去视力的人的用意。这个人物的存在，使得作者得以表达对失去秩序的极权社会的看法，由此使作者的世界观得以体现。

本书中的文章曾发表于不同的文学刊物上，例如《香港文学》《城市文艺》《阡陌》等。写经典导读的念头，源于2006年在《香港文学》开的一个《经典重游》的专栏，本书写的贝娄和普拉斯的文章，就发表在那里。后来事忙，专栏没有继续，于是到《阡陌》出版，主编黎海华希望用深入浅出的方法向读者介绍一些外国文学经典作品，我便继续用随笔式的风格介绍一些我喜欢的作家与作品。由于不是学院式的文学评论，我倾向于用说书人的方式向读者娓娓道来，让读者通过浅白易懂的文字进入经典，游走于顶级作家笔下的思想与感情世界。

我常常想，过于艰深的学院式评论一般读者不一定愿意看，这不利于推广文学创作和阅读。所以多年来我都以深入浅出的文字介绍一些内容深刻的作品，希望即使只有中学阶段文化水平的读者，也能看懂小说中的智慧和人间世。为什么呢？因为我自己也是这样走过来的，所以希望这本书也做到这一点，除了大学生及爱好文学的年轻人，也能让中学生领略大师们的小说世界。

目 录

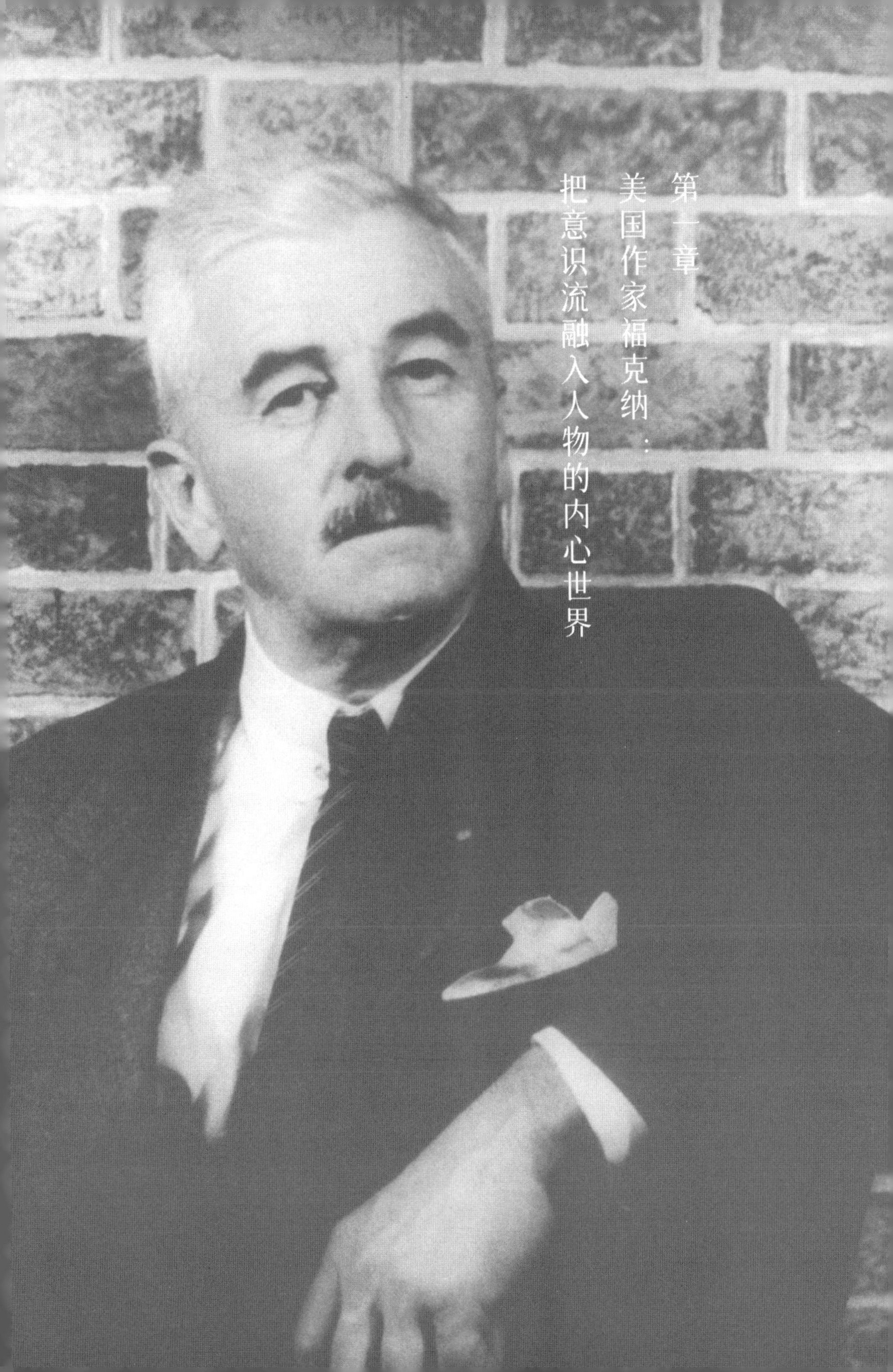

第一章

美国作家福克纳：把意识流融入人物的内心世界

作者按：本章主要以李文俊的中译本为依据。对非英语、非西方文化背景的读者来说，看这个译本比看英文原著更易于掌握，因为译者在注释方面下了许多功夫，除了向读者解释一些背景资料外，还在意识流叙事中为读者说明时空转换的关系。本章小说引文出自福克纳：《喧哗与骚动》，李文俊译，上海译文出版社，1984。此外，本章引述的评论和作者自述皆出自《福克纳评论集》，中国社会科学出版社，1980。另：图片来自维基百科公版。

在介绍外国经典文学作品的计划中，迟迟没有写福克纳（William Faulkner，1897—1962）的《喧哗与骚动》（*The Sound and the Fury*，一直在名单中，台湾译作《声音与愤怒》，是我最早看的志文出版社译本），是因为他的这本小说过于复杂，怕在有限的篇幅内不能详细介绍其精粹。近年由于教写作课的关系，我都会以这部小说为意识流技巧的模板。虽然我知道学生不一定会看完整本小说，但能让他们涉猎这样一本技巧高超的名著，对其小说技法的学习不无帮助。

今天之所以介绍《喧哗与骚动》，是因为最近重读福克纳的传记和作品，兴起了写小说的念头，顺便想通过对这部小说写作技艺的分析，探讨一下小说写作的艺术。

讨论福克纳的作品，总是难免牵涉现代小说的技法和艺术。詹姆斯·乔伊斯（James Joyce，1882—1941）和弗吉尼亚·伍尔夫（Virginia Woolf，1882—1941）的意识流技巧，让福克纳由写实主义进入现代主义创作之林。年轻时一直醉心于文学写作的福克纳，由笔记、散文、诗歌到小说，都在努力尝试找出一种福克纳风格。不同于海明威的简洁明快，福克纳通过不同人物的内心世界刻意地展示文学语言的艺术（两人的敌对风格也造成了两派读者的对立）。

福克纳是美国南方文学的代表人物，在后面介绍的诺贝尔文学奖得主中，以描写黑人内心世界为主的莫里森，就被称为福克纳的继承者。福克纳在美国南方密西西比州一个没落的庄园出生和成长，高中没读完便辍学。他曾在第一次世界大战时服过兵役，复员后常常以此为自豪，整日穿着军服穿街过巷，四处宣扬自己在战役中受过伤，有时甚至用走路一拐一拐来证明。但事实上他从没上过战场，由此可见他当时的虚荣心。虽然高中没毕业，但他于1919年以退伍军人的身份进了密歇根大学，后来因为觉得无聊而中途辍学。他希望当一个专业作家，于是一面打工，一面写作投稿。

　　爱好文学的福克纳在大学一年级时便不时在校刊发表诗歌与短篇小说，后来休学了，仍有作品在校刊发表。虽然能赚点稿费，但这离他专业写作的理想还远。福克纳的工作经历可说是劣迹斑斑，他从没有认真做好过一份工作，总是被辞退，他曾在家乡的邮局工作过一段时间（由他一人管理整个邮局，南方小镇邮局只是一个小站），但整天只是读书写作，对应该由他处理的邮件爱理不理，惹来不少投诉，最后被辞退。不过，那段时期他的阅读量惊人，通过邮局邮递的文学杂志总是由他先看，他更是在上班时间读完了乔伊斯的《尤利西斯》（*Ulysses*）。

　　当时的福克纳已开始专注于小说创作，但他的作品时常遭文学杂志退稿。他最后认识了著名作家舍伍德·安德森（Sherwood Anderson），两人成了忘年之交，他通过安德森认识了一些杂志编辑和出版商，作品和读者见面的机会才多起来。（两人后来却不相往来，因为福克纳在一篇随笔中讽刺了安德森。）福克纳的第一部长篇小说《军饷》（*Soldier's Pay*）也是通过安德森向出版社推介才得以出版。之后他拿了版税去欧洲游历，期望感受一下当时最前卫的文学风貌。

《喧哗与骚动》是福克纳写于1928年的作品（初版是在1929年），之前他出版过两部小说：《军饷》（1925）和《蚊群》（*Mosquitoes*）（1927），其中《军饷》的写作手法接近现实主义，《蚊群》以蚊子比喻病态的美国艺术家，中间用了一些意识流技巧。可是，两部作品都没有获得文评界关注，这让他十分气馁。由于他已经读了乔伊斯的《尤利西斯》和其他欧洲前卫文学作品，十分醉心于对写作技巧的运用，于是他决心不理市场，开始创作一部他认为在技巧和风格上都能独树一帜的作品——这就是后来为他赢得诺贝尔文学奖的《喧哗与骚动》。这部小说也是福克纳在艺术上最成熟的小说创作，他不止一次地说，这是他自己最喜欢的一部作品。

《喧哗与骚动》的书名出自莎士比亚悲剧《麦克白》第五幕第五场麦克白的著名台词："人生如痴人说梦，充满着喧哗与骚动，却没有任何意义。"

福克纳钟爱《喧哗与骚动》，是因为这部小说是他"最华丽的败笔"（most splendid failure）。由于不再担心是否能得到批评家和读者的喜爱，他以自己想写的方式去叙说美国南方一个白人家族的故事。故事发生在康普生一家的四个儿女身上，由大哥昆丁、三弟贾森以及智障的小儿子班吉轮流出场叙述。而三兄弟讲的故事，却是围绕着二姊凯蒂。福克纳后来表示，他想讲的是凯蒂的故事，但他又觉得三兄弟的叙述仍不足以说清楚，于是又加了保姆迪尔西做总结式的叙述。因而全书共分四章，分别从四个人物的视角去述说发生在康普生家的故事，其中凯蒂则是整个小说的灵魂。

即使在90多年后的今天看来，福克纳的叙事手法仍是颇为复杂的。通过四个人物的不同视角，福克纳让读者知道了康普生一家最反叛的女儿凯蒂半生的遭遇。这里先综述一下整个故事的大概。

《喧哗与骚动》的叙事时间点是1910年和1928年，而故事时间的跨度则从1898年至1928年。康普生一家曾经是当地的望族，家中原有颇多田地和黑奴，后来破败得只剩下一幢大宅、黑人保姆迪尔西和她的小外孙勒斯特。一家之主的康普生虽说是律师，但很少接洽业务，更是整天喝得醉醺醺的，最后病逝于1912年。康普生太太是一个自私冷酷的女人，有事无事都唠唠叨叨。由于她的这个性格，家里的孩子都难以获得温情和母爱，其中女儿凯蒂在这样的成长环境下，变得反叛和浪荡。凯蒂企图从淑女的束缚中解放出来，但结果酿成了悲剧。她10多岁就与男性交往，怀了身孕后不得已跟另一名男子结婚，但婚后男方发现真相，于是弃她而去，而她只有把私生女寄养在母亲家，自己离家出走。

故事中的大哥昆丁深爱着妹妹凯蒂，甚至爱得超越了兄妹之情。两兄妹也非常友好，但凯蒂的叛逆性格使得她在家里成了一个离经叛道的人物。她滥交，男女关系混乱，并因此造成悲剧。她离家出走后把私生女小昆丁遗留在家里，脆弱而多愁善感的昆丁爱她甚深，看到她的堕落，自己也变得疯狂，最后于1910年投河自尽。昆丁自小和凯蒂感情要好，但性格多愁善感，更因家族没落而精神萎靡。他对妹妹的钟爱已到了痴恋的地步，甚至向父亲述说虚构的乱伦故事。妹妹的未婚先孕，使他立即失去了精神平衡。

贾森排行第三，是凯蒂的大弟弟，也是一家杂货铺的小伙计。他是一个典型的功利主义者，只看重金钱利益；他记仇，为了报复，做起事来往往不顾后果。和昆丁相反，他对凯蒂充满怨恨，因为他以为是凯蒂的私生活和坏名声令他失去了本来应该得到的工作。他甚至把怨恨延伸至凯蒂的私生女小昆丁以及关心凯蒂母女的黑人女佣迪尔西。福克纳说过："对我来说，贾森纯粹是恶的代表。依我看，从我的想象里产生出来的形象中，他是最最邪恶的一个。"

班吉是康普生家的小儿子，他天生是个智障者。故事由他揭开序幕。那是1928年的一天，他已经33岁，但是智力还停留在三岁的阶段。姐姐凯蒂自小就很照顾他，他也十分喜欢凯蒂，甚至片刻也不想离开她。当凯蒂离家出走后，他时常通过气味和对其他对象的联想，回忆他们相处的时光。

上述的故事不是线性叙事，而是通过班吉、昆丁和贾森三个人物的回忆和独白并成的，再加上家中女佣迪尔西以全知观点讲述和补充前面三人的故事。可是，小说出版后有不少读者感到难以整理出故事内容。15年之后，福克纳在《袖珍本福克纳文集》中补写了两篇附录，详细地交代了康普生家族的故事。（见中译本附录。福克纳常常说，他把《喧哗与骚动》的故事写了五遍。）

福克纳利用班吉这个人物的先天缺陷展开叙事，其间以意识流技法穿插了近30年的回忆片段。班吉没有逻辑思维能力，只能凭感觉和脑海中遗留下的印象将事件重组，因此很容易把过去的事与当前的事混淆在一起。对作者而言，这是最能施展意识流技法的一个人物。通过理解他脑海中过去和现在重叠的意象，读者要十分细心才能整理出一个故事大概：最钟爱他和最照顾他的姐姐凯蒂于1911年即他14岁那年离家出走后，他整个生活失去了重心。每次看到和感觉到与凯蒂有关联的声音、画面或气味时，他脑子里都会出现两人相处的一些片段。在这一章里面，福克纳十分着意经营意识流技法——当时最前卫的小说创作手法。福克纳把这一章形容为"一个白痴讲的故事"，所以他可以肆无忌惮地通过班吉的意识流动交代故事脉络。在这一章中，他告诉了读者正走向没落的康普生家族里面各个人物的特征，以及他们和班吉的关系。有批评家指出，这一章是"一种赋格曲式的排列与组合，由所见、所听、所嗅到的与行动组成，它们有许多本身没有意义但是拼在一起就成了某种十字花刺绣般的图形"。而福克纳正是通过人物的意识流动，编织成时间与空间的重叠意象，从而构成了一个时空交错的故事。

第二章由康普生家中长子昆丁以内心独白的形式叙事。福克纳在这里用的语言与前一章不同。昆丁是哈佛大学的高才生，他的语言逻辑性强，说理多，但大都是自言自语，类似陀思妥耶夫斯基《地下室手记》中的内心独白。福克纳在这里强调的是时间，他通过意识流的叙事手法，把时间和空间重叠在一起，让读者感受到叙事者当时的心理混乱状态。关于时间，萨特在评论这部小说时指出，福克纳的哲学是时间的哲学："……一个人是他的不幸的总和。有一天你会觉得不幸是会厌倦的，然而时间是你的不幸……"（见第二章昆丁的自白）萨特认为那是这部小说真正的主题，他看出福克纳采用的写作方法似乎是对时间的否定。（昆丁自白中那只手表是被弄坏了的。）通过这一章，我们发现《喧哗与骚动》其中的一个叙事原则是打破时间的顺序，并同时重置空间的位置。（班吉由一个现实中的空间维度穿越了空间和时间。）昆丁对着手表独白："……经常对一个武断的圆盘上那机械的指针位置进行思考，那是心理活动一个征象。父亲说的，就像出汗是排泄。"昆丁尝试探究时间之谜，他认为要理解真正的时间，必须抛弃这些计时的手段，"……凡是被小小的齿轮滴答滴答滴掉的时间都是死了的；只有时钟停下，时间才活了"。所以根据萨特的看法，"昆丁毁掉他的手表是具有象征意义的；它迫使我们在钟表的帮助下看到时间。白痴班吉的时间也不是用钟表计算的，因为他不识钟表。"

在这一章中，昆丁的独白有点语无伦次。一路读下去，我们知道，当时由于他钟爱的妹妹凯蒂未婚先孕，并跟另一个男子结婚，他感到十分失望。当时他正在考虑自杀。所以，一方面我们看到一个人在语无伦次地独白，另一方面又明白他的语无伦次有迹可循。在昆丁的叙述中，我们看到他为人善良，是父亲的崇拜者，甚至继承了父亲的传统道德观念。当他知道凯蒂失去童贞时，甚至打算跟那个男人决斗。凯蒂的贞洁对他如此重要，是因为他内心对妹妹有着恋人的感觉；他甚至对父亲虚构和妹妹有乱伦关系。

第三个出场叙事的是贾森。他在康普生家族中是一个行事鲁莽的人。他没有智障，也没有哥哥的多愁善感，但他为人现实、功利，从另一方面看，他像是一个疯子——贪婪、自私自利、无情无义。福克纳在这一章赋予贾森的语言是直接而粗鄙的，对读者来说，读来易懂得多。贾森的叙述主要交代当前（1928年）的事情，是没有时空交错转折的线性叙事。例如开头第一句便十分直接，"Once a bitch always a bitch"，简单的一句便尽显他的粗鄙性格。这一章的叙事风格直接而简单，因

10

而补充了前两章模糊不清和抽象的叙述。尤其对于弟弟班吉被阉割的原因、昆丁的自杀以及凯蒂的离婚，这一章都给了读者一个较清晰的印象。通过贾森的叙述，我们又知道，他是康普生太太最疼爱的儿子，大哥昆丁自杀后，他成了家中的经济支柱。因此，他内心对哥哥和妹妹都充满怨恨，在字里行间对他们百般挖苦，语言粗俗，口气轻佻。

黑人女佣迪尔西是最后一个叙事者——福克纳赋予她一种圣母玛利亚般的性格。（小说与《圣经》有很强的连带关系，后面补充。）福克纳说过："迪尔西是我自己最喜爱的人物之一，因为她勇敢、大胆、豪爽、温厚、诚实。"她对康普生一家照顾有加，面对一个破败和没落的家族，她寄予无限的同情。她尤其同情班吉和凯蒂的遭遇，并且处处保护他们。在冰冷的康普生家族中，她可说是各人的精神支柱。她忠心和慈爱，比近乎病态的其他叙事者更能看清现实。对福克纳来说，迪尔西是"人性的复活"的理想——这在福克纳有意把迪尔西的叙事放在复活节这一天可以看得出来。（译者李文俊指出，根据《路加福音》，耶稣复活那天，彼得到耶稣的坟墓那里，"只见细麻布在那里"，耶稣的遗体已经不见了。在《喧哗与骚动》里，1928年复活节这一天，康普生家的人发现，小昆丁的卧室里，除了她匆忙逃走时留下的一些杂乱衣物外，也是空无一物。在《圣经》里，耶稣复活了。但是在《喧哗与骚动》里，如果说有复活的人，也不体现在康普生家后裔的身上。福克纳经常在他的作品里运用象征手法,这里用的是"逆转式"的象征手法。)

在《喧哗与骚动》中,最具有象征意义的一个场景是童年时期三兄弟望着凯蒂爬在树上窥探屋内正在举行的丧礼。三个男孩子仰头望,看到的是凯蒂沾了泥巴的内裤。福克纳以此象征凯蒂的不贞,也象征康普生家族的衰落。从凯蒂童年时期的反叛,可以看出她的出格和大胆,她的行为举止和这个推崇传统价值观的南方家庭格格不入。对比她的两个兄长,他们连爬上树的勇气都没有。福克纳曾经表示,凯蒂这个角色实在太美丽,令他十分着迷,所以整个小说都是围绕着凯蒂的遭遇展开。

像《喧哗与骚动》这样一部在当时来说叙事手法大胆、语言和结构看似散乱的小说,出版后并没有得到多大回响,尤其在美国本土,许多读者都看不懂这部小说。但是在欧洲,这部小说逐渐得到出版商和作家的留意,深入的评论尤其是探讨这部小说写作技巧的文章陆续出现,使得福克纳在欧洲渐渐被人注意。几年之后,《喧哗与骚动》成了现代主义文学的代表作,其意识流手法堪与乔伊斯的《尤利西斯》媲美,二者并列为20世纪的杰作。

第二章
美国作家贝娄：
通过象征探讨人生意义

作者按：本章小说引文皆由笔者译自英文原著。另：图片来自诺贝尔文学奖官方网站。

最近由于编辑旧作的关系，找到了一篇写于1977年的书评《贝罗的超人——雨王韩德信》，原著目前一般的通行译法是《雨王亨德森》，作者是1976年诺贝尔文学奖得主索尔·贝娄（Saul Bellow，1915—2005）。重看自己的文章，惊觉岁月催人老，也惊觉当时所介绍的这部小说仍然那样富有现实意义。

《雨王亨德森》（*Henderson The Rain King*）以夸张和漫画化的黑色喜剧创作手法，描写了一个在美国从事养猪业的百万富翁因为找不到活着的意义，特意走到非洲去，希望找到人生真义的故事。说这部写于60多年前的小说具有现实意义，是因为我们今天仍有不少人在想着同一个问题，人到中年，像书中主人公亨德森一样50多岁的人，回首半生，有时不禁自问：我这一生难道就这样过了吗？可不可以改变？怎样改变？

1998年，纽约公共图书馆选出的20世纪100部英文小说中，就有贝娄这部小说。《雨王亨德森》之所以成为经典，除了作者认为这是他写得最好的一部小说外，还因为里面的主题像是回应今天耽于消费逸乐的社会。1977年我在《大拇指》中这样介绍小说的内容：

　　小说的开头，韩德信正处于一种绝望的状态；他苦感于过去的生活毫无意义，内心深处有一个声音不停地响着："我要！我要！我要！"要什么呢？他像是知道，但因为得不着，却又仿佛不知道。

重读写于40多年前的书评，亨德森那种"我要！我要！"的声音，仿佛又回到我的脑海里。记得那时候我是贝娄的"粉丝"，他还没有得诺贝尔文学奖之前，我就已十分喜欢他的小说。由《晃来晃去的人》《受害者》《奥吉·玛琪历险记》《雨王亨德森》，到《赫索格》《赛姆勒先生的行星》等，我在美国图书馆把英文原著一本一本地借回家看，再加上部分中文译本，例如刘绍铭先生翻译的《何索》(《赫索格》)，总算生吞活剥地看了他的大部分作品。我后来分析，喜欢贝娄，除了跟我一向喜欢的哲学思考甚有关系外，还因为我仿佛看到陀思妥耶夫斯基的《地下室手记》中的主人公，扮成当代美国知识分子，混进了贝娄的小说中。我不知道这是否和我那时的"地下室"性格有关，但显然他的小说十分符合我当时的口味。而另外一个主要原因是，我那时也是一个尼采迷，对《雨王亨德森》中的超人主题自然十分着迷。

重读多年前自己写的这篇书评，我发觉原来这几十年来我一直都在响应亨德森"我要！我要！"的呼喊。

下面我再借那篇书评讲述一下亨德森的故事：

16

"是什么令我走到非洲去的？"他解释说，就是心里面的那个声音。他是百万富翁，今年55岁，现在的太太是第二任。他养猪，是因为对于生活感到失望，对于同时代的人感到失望……他学拉小提琴，是想借此和逝去的父亲互通信息。他的生活只有过去："我的父母，我的妻子，我的女朋友，我的孩子，我的动物，我的习惯，我的金钱，我的音乐课，我的偏见，我的酗酒，我的兽欲，我的牙痛，我的脸孔，我的灵魂，我要高声喊叫：'不！不！走开。我诅咒你，滚开！'但怎样叫它滚开？它们是属于我的，是我自己的。"对于将来，或是现在，他均处于一种彷徨的境况。

　　一天早晨，他因为和太太吵架，竟吓毙了送早餐进来的老妇人，这使他体验了死之可怖："噢，真羞人！真羞人！我们怎可以呢？我们为什么由着自己这个样子？我们在做什么？我最后安身的，龌龊没窗的框框正等着我们啊！所以，看在上帝的分上，行动起来吧，韩德信，有朝一日，你也会像这个样子死去的。死亡会使你消失了，除了一团腐肉，什么也没有剩下来。因为你一事无成，所以一无所剩。趁现在还有时间——现在！行动起来吧！"

　　就是这样，他被内心的那个声音驱使着，走往非洲去。首先，他碰到了阿纽威族人，从他们的女族长处，他学到了"人是要活下去的"（Grun-Tu-Monlani）。在韩德信心目中这个女族长是个充满智慧的女人：她是静的，是快乐（Bittah）的代表。在她心里面没有痛苦这回事：她不会为了焦虑而做出激烈的行动。她的族人因为有青蛙走进了水池，而不敢让牛只喝水，以致它们活活地渴死。当全族人沉浸在这种悲哀的空气里时，这个女族长却微笑地接受了这种无可奈何的处境。这点，韩德信实在看不过眼；他为了拯救他们的牛，乃主动请缨要将青蛙赶掉。可是，他自制的炸弹却把水池也炸毁了，他眼巴巴地看着池水流掉。

他从阿纽威族学到的"人是要活下去的"这个事实，使他更加迫切地寻求"怎样活下去"的方法。他不能像阿纽威族一样，只知生活，在面对死亡的时候，不谋解决之道。他离开了。这次，他遇上了华威威族。他们的族长达夫（Dahfu）是一个哲学家，他和韩德信很快便成为朋友。在一次祈雨仪式中，韩德信以健壮的身躯捧起了他们的云神木像，于是他们封他为"雨王"。

达夫养了一头母狮，它"会使意识发亮，会使你沸腾起来……"他要求韩德信模仿那头母狮的动作，以期将他改变过来。面对母狮的时候，韩德信又再次面对他那不敢承认的事实——对死亡的恐惧。达夫看出，他是一个逃避者。他说，如果他能够面对母狮而不露恐惧的神色，那他便能够接受宇宙间最残酷的事实——死亡了。

"它是绝不逃避的……而这正是你需要的，因为你是一个逃避者。"对韩德信来说，不但要面对它，而且要模仿它——死亡。他学它一般作爬行俯伏、吼叫。"学这头野兽吧！"达夫告诉他，"以后你便会从中发现人性了。"和达夫相处，韩德信悟出了很多生存的道理："我们这一代，单只是重复恐惧和绝望，而不图改变吗？""一个勇敢的人会使罪恶停止不前。我不是在预言，但我觉得这个世界将由高尚的情操来驾驭。"

依照族例，族长是要捉回先王放生的雄狮的，达夫也不例外。可是，他因为被族中不满他的祭司陷害，被那头雄狮咬死了。达夫的死亡，使韩德信看透了生命。和雄狮比起来，困在地窖里的那头母狮，只不过是真实的副本，是受摆布的真实，在面对死亡的一刹那，他才真正地面对那凶猛残酷的真实。现在，他知道以前所找寻的真实，是一种虚伪的真实。他虽然高喊："我要！我要！"而心灵却还是沉睡着，便是这个道理。根据族例，作为"雨王"的韩德信是要继承达夫的地位当族长的，但他已经不能再忍受那种虚伪的真实，他要逃出来，回应心里的那个声音，找寻真实，面对死亡。他偷了代表达夫灵魂的幼狮，逃回美国去，在 55 岁这一年，开始读医科。

《雨王亨德森》是在1959年出版的，当时的贝娄已经是成名小说家，他之前出版的长篇小说《奥吉·玛琪历险记》为他奠定了当代杰出小说家的声誉。不过，在那个垮掉的一代（The Beat Generation）当道的年代，他的作品被部分批评者视为不够前卫，他们认为他属于维护美国传统价值的保守派。他们指责他墨守成规、大男子主义，又批评他有种族歧视观念并推崇精英意识。而贝娄则以小说《赛姆勒先生的行星》反驳这些指控，并且嘲讽美国社会中那种嬉皮士作风是浅薄和无聊的。他对社会问题的一些看法也让人觉得他的思想属于保守派，而他在1976年诺贝尔文学奖颁奖礼上发表演讲时说："现今的社会，提及私生活，混乱或者几近疯狂；说到家庭，丈夫、妻子、家长、孩子，都困惑而迷乱；再看看社会风气、人际交往以及性行为，更是世风日下。个人混乱了，政府也晕头转向了。道德的沦丧和生活的潦倒是我们长久的梦魇，我们困在这骚动的世界里，被层出不穷的社会问题困扰。"

熟悉贝娄作品的人，都看出他向往美好社会的思想源自维护美国传统价值观的爱默生和惠特曼。而那时候，我因为常泡美国图书馆，早已看了不少这两个人的作品。惠特曼的《草叶集》所散发的自由主义和个人价值的意识，以及爱默生所提倡的脱离欧洲影响的美国独立精神，都曾经影响过我，而贝娄的这两个精神导师带给他的，是他通过小说人物对当时消费主义开始出现、功利主义盛行、国人精神受"污染"等现状的不满而表现出的愤世嫉俗。在《雨王亨德森》中，他试图用他的两个精神导师的教诲来拯救这个世界——他眼中的美国。无论他的思想有多保守，这种想法即使在今天的美国，以及受美国物质主义影响的所谓现代化都市，也十分必要。后来虽然我的思想越来越左倾，仍然觉得贝娄的这些看法有其可取之处。

从形式上看，贝娄的小说作品也被视为保守的。一些现代主义者和后现代主义批评家认为，他的创作风格仍然属于写实主义传统，虽然里面有不少意识流或个人独白，但他没有像一些自封为先锋派的作家一样，把内容做拼贴式的处理，把人物的言行描写得像梦游一样，而是实实在在地描写主人公的内心世界，以及他与他所处的世界之间的关系。贝娄也写文章批评过当时的先锋派作品，认为他们故作艰深。就在出版《雨王亨德森》之前，他还写过文章讥讽那些专门在小说里面找寻象征意义的读者，指出他们想在鸡蛋里发现生命奥秘的阅读方式，离深刻的阅读理解太远，已经成为一种对文学的威胁。

贝娄这些话当然是有感而发的。当时的美国批评界仍然是现代主义当道，形式主义批评充斥学院，大家关注的不是故事，而是能够从故事中发现多少象征的东西。因此，即使故事苍白无味也无所谓，只要里面含有"丰富"的象征意义——而这些所谓"象征意义"得由批评家来"点化"读者。这种情形在今天的美国已经没有那么普遍，因为各家争鸣的批评方法使读者有了更多的选择，但是在一些地方，例如香港地区，这种唯形式论的现代主义批评方法仍有市场，甚至影响了创作者。刘绍铭说近年来看到的香港小说是"无爱"的，我认为主要的原因也许跟这种批评和创作方法有点关系。

不过，在《雨王亨德森》这部小说中，贝娄却跟他的读者开了一个玩笑。正当他义正词严地要求读者不要钻牛角尖，从鸡蛋里找寻生命的奥秘时，他自己却通过亨德森这样一个夸张式的喜剧人物，以黑色喜剧的方式把一篇充满象征意味的小说送到了读者眼前。也许，贝娄是想示范一下：要写富有象征意味的小说，得来看我的！

在《雨王亨德森》中，丰富的象征就像一个猜谜的旅程，贝娄在人物和事物中，都赋予了十分强烈的象征意味。亨德森就如希腊神话中的奥德赛般在冒险旅程中悟出了人生真谛。虽然贝娄在大学读的是人类学，但小说中的非洲是一个他不曾到过的地方，而现实中这样的非洲也不存在——它只是贝娄用来象征原始生命力的一个场景。在《雨王亨德森》中的非洲发生的一些故事，有不少可以在《圣经》中找到根源，而从象征死亡和恐惧的狮子，甚至达夫这个名字（"Dahfu"与"Death"几近同音）中，都可以看出贝娄的苦心经营。

我在那篇书评中，引述贝娄在一篇文章中对亨德森的评论："韩德信所要找寻的，是对死亡的焦虑的治疗法。"我还说：

在经历了老妇死亡后，韩德信开始重新发掘自己的生存价值，他不但要知道"人是要活下去的"，而且还要知道怎样活下去。"我要！我要！"这个声音不断地敲打着他的心。要什么？很明显，他是要活下去。怎样活下去？在去非洲之前，他不知道，经历了非洲的冒险回到美国后，他知道了——他需要真实的生活，敢于面对死亡，超越死亡，怀着万古柔肠的爱心，打倒一切虚伪的生活。

重读这段书评时，我觉得自己当时在年轻的理想主义影响下也许有点说过了头，然而，当我重看《雨王亨德森》后，书评中这种感觉又强烈地涌现了出来。为什么会那样呢？写完那篇书评后，我已又体验了几十年的生活历练，对人生的欢乐忧愁，人世间的爱和恨，应该体会更深刻了吧，应该不会那样慷慨激昂了吧？但我仍然为小说中那种对生命的关爱、热切期待新生活和爱情的想法所深深触动。也许，《雨王亨德森》的感染力就是整部小说所散发出来的对生存价值的热烈追求。这里面又出现了另一个我十分喜欢的人物——尼采。尼采的超人哲学，不但感染了年轻时的我，即使今天，他仍是我爱读的一个哲学家。在《雨王亨德森》中，尼采的超人意识可说无处不在。美国当代文学批评家托尼·坦纳（Tony Tanner）在讨论贝娄这部小说的一篇文章中就提到："亨德森，就如贝娄其他作品中的人物一样，想找出一个人怎样可以在屈服于现实的同时……而又能撇开所有的限制而超越（transcend）他自己……有很多尼采的声音，事实上，里面不断出现的哲学箴言……可以用查拉图斯特拉的一句话概括，即人是被超越的动物。"

"雨王"亨德森和尼采的超人，都是要超越当今世界已经颓废败坏的人类。尼采的查拉图斯特拉说，"我教你们超人的道理。人是一样应该超过的东西"，又说"人是一根绳索，系于禽兽与超人之间，凌驾于深渊之上"。亨德森，或尼采的超人，都是比现世人类更高级的物种，在尼采看来，现世的人类可以通过自我超越而创造出超人，而人类实践的目标就是使这个理想实现——成为真正的人，即超人，这也是全人类的目的。尼采的超人理论是在上帝已死的前提下出现的。超人，源自摆脱长期统治西方社会的基督教伦理，和从颓废中觉醒的"最后的人"。尼采称这种"最后的人"是"较高级的人"，但还不是超人。因为在他们的身上，仍然有不少尘世间的回忆，还不能完全摆脱基督教伦理观和人类的颓废生活，仍然需要偶像崇拜。这种最后的人，正是亨德森所见到的达夫，而亨德森最后超越了他，成了超人。正如查拉图斯特拉对这些最后的人说的："你们只不过是桥梁而已，唯愿更高超的人在你们身上渡过去吧！你们代表接替，然则不应怨怒那超过你们而达到高处的人吧！"贝娄以他的小说回应了尼采：超人要从"最后的人"的后人中产生出来。

在小说的最后部分，亨德森在返回美国的飞机上，哼着亨德尔的《弥赛亚》，这首表示感恩上帝的乐曲，混合着悲哀、快乐、愤怒和激情，同时让人感受到优美而崇高的宁静境界。他又叫空中小姐把飞机上一个波斯（Persian）的孤儿的座位换到他旁边，把小狮子给他抱着玩。他看着孩子那双散发着好奇光芒的大眼睛，发觉这双眼睛充满着新的生命，而这种新的生命，仿佛含着一种古老的力量。贝娄通过亨德森体验到个人的自救来自对人性的体认和接受——惠特曼的"我"歌唱自我，认为探索自我就能探索到人类的灵魂，而非来自现代社会中那些寻求人类解脱的各种理论。多年前我在前面那篇书评提到的——现代（20世纪50至60年代）的美国社会是一个分崩离析的社会，当前的美国文化是面临崩溃的文化，现代人存在于这样一个社会，应该回归到原始文化中去学习，从原始和野性中学习一种纯朴无私的人间之爱，以融和当前充满戾气的社会——在今天竟然同样具有现实意义。

第三章

哥伦比亚作家加西亚·马尔克斯:

他像外祖母讲故事一样叙述历史

作者按：本章小说引文皆由笔者译自英文译本。另：图片来自诺贝尔文学奖官方网站。

近几年，好些我心仪的外国作家相继去世，其中，2014年离去的加西亚·马尔克斯（Gabriel José de la Concordia García Márquez，1927—2014）让我想起青年时代如饥似渴地阅读世界文学的"黄金岁月"。

那是 20 世纪 70 年代初，当时 20 出头，由于在中环工作，而且常常要外出，因此中环的美国图书馆和英国文化协会是我平时流连最多的地方。在美国图书馆，我囫囵吞枣地看了许多当代（20 世纪 40 至 70 年代）美国作家的作品，如海明威、福克纳、贝罗、辛格、奥茨等（有部分为今日世界的中文翻译本）。在英国文化协会的图书馆，我又接触了一直十分喜欢的弗吉尼亚·伍尔夫和她同时代的一些英国诗人的作品。而通过两家图书馆的文学杂志，我又接触了大量美国文学以外的欧洲作家和拉美作家的作品。

加西亚·马尔克斯则是我在美国图书馆的一本杂志上知道的。那本杂志就是著名的《今日世界文学》（World Literature Today）。当时加西亚·马尔克斯由于 1967 年出版后好评如潮的《百年孤独》而炙手可热，《今日世界文学》在 20 世纪 70年代初也大量介绍当时在西方文学界被视为新兴文学现象的拉美文学及其魔幻现实主义。通过这本杂志，我除了认识拉美文学作家如加西亚·马尔克斯、富恩特斯、博尔赫斯等人的作品外，还看到了许多作家访谈和专题研究，这极大地扩宽了我的文学创作和评论的视野。通过作家访问和作品评论，我找了一些作家的英文译本看。

那时候看《百年孤独》的体验，到今天仍然印象深刻。

《百年孤独》有一个情节今天大家都很熟悉，就是处理遗忘症的那一段。在村民得了失忆症的马孔多村，为了不让遗忘症带走记忆，人们写下"牙膏""门""窗户""开关""锅子"等纸条，贴在每一个即将要被遗忘的物件上。这段情节，西西的小说和香港电视剧都在不同程度上借用过。当熟悉的事物渐渐变得陌生甚至被遗忘的时候，应该怎样做？我在介绍2013年诺贝尔文学奖得奖者门罗（Alice Munro）时，曾讨论过她拍成电影的一个短篇，里面也是处理遗忘的问题——爱与遗忘的主题。而《百年孤独》中，遗忘和孤独，正是小说的主题。对遗忘和孤独的演绎，加西亚·马尔克斯说过，其实都和爱有关。

关于遗忘症那一段，小说描述一种传染失眠的病症袭击了马孔多村，村民连续五十多个小时无法入睡，而随着失眠症之后而来的是遗忘症，最后由奥雷连诺解决这个问题：

> 在几个月中帮助大家跟遗忘症进行斗争的办法，是奥雷连诺发明的。他发现这种办法也很偶然。奥雷连诺

是个富有经验的病人——因为他是失眠症的第一批患者之一。他完全掌握了首饰技术。有一次，他需要一个平常用来捶平金属的小铁砧，可是记不起它叫什么了。父亲提醒他："铁砧。"奥雷连诺就把这个名字记在小纸片上，贴在铁砧底儿上。现在，他相信再也不会忘记这个名字了。可他没有想到，这件事儿只是健忘症的第一个表现。过了几天他已觉得，他费了很大劲才记起实验室内几乎所有东西的名称。于是，他给每样东西都贴上标签，现在只要一看签条上的字儿，就能确定这是什么东西了。不安的父亲叫苦连天，说他忘了童年时代甚至印象最深的事儿，奥雷连诺就把自己的办法告诉他，于是何·阿·布恩迪亚首先在自己家里加以采用，然后在全镇推广。他用小刷子蘸了墨水，给房里的每件东西都写上名称："桌""钟""门""墙""床""锅"。然后到牲畜栏和田地里去，也给牲畜、家禽和植物标上名字："牛""山羊""猪""鸡""木薯""香蕉"。人们研究各种健忘的事物时逐渐明白，他们即使根据签条记起了东西的名称，有朝一日也会想不起它的用途。随后，他们就把签条搞得很复杂了。一头乳牛脖子上挂的牌子，清楚地说明马孔多居民是如何跟健忘症做斗争的："这是一头乳牛。每天早晨挤奶，就可得到牛奶，把牛奶煮沸，掺上咖啡，就可得牛奶咖啡。"就这样，他们生活在经常滑过的现实中，借助字儿能把现实暂时抓住，可是一旦忘了字儿的意义，现实也就难免忘诸脑后了。

这段有关遗忘的情节，是作者用以提醒人们，历史是很容易被遗忘的，一定要好好记下来——这也是《百年孤独》最重要的主题。拒绝遗忘，正视历史，是加西亚·马尔克斯不断强调的。在现实社会中，遗忘往往跟老年痴呆症扯上关系。而不幸的是，加西亚·马尔克斯家族也有老年痴呆遗传史。加西亚·马尔克斯在1999年诊断出淋巴癌，此后一直与病魔斗争。随着年纪渐大，家族遗传的老年痴呆症也在发生作用。此后的10多年，癌症和化疗不但使得加西亚·马尔克斯智力衰退，也让老年痴呆加速到来。虽然他的身体状况还可以，但常常失忆，想不起发生过的事情。加西亚·马尔克斯竟在《百年孤独》中做出了预言——加西亚·马尔克斯家族也逃不过遗忘症的宿命。

《百年孤独》中马孔多村的人物妙趣横生，故事荒诞离奇，但是对于拉丁美洲读者，却是充满着现实和讽刺意义。当他们把现实和荒诞不经的小说情节联系起来时，小说却是那样的真实！例如香蕉园工人被屠杀那段情节，作者描写工人因罢工惹怒了作为美国人的香蕉园主，他们不但屠杀工人，而且为了惩罚马孔多村，"订购"了一场洪水，让马孔多村下了4年11个月零2天的雨。加西亚·马尔克斯通过夸张的小说情节，提醒拉丁美洲人民不要遗忘曾经发生过的这一段历史。

《百年孤独》通过讲述哥伦比亚一个普通农民布恩迪亚家族五代人的生活史，反映了哥伦比亚农村的百年沧桑，也反映了近百年来拉丁美洲社会的历史变迁。乌尔苏拉和阿卡迪奥原本是表亲，结了婚后乌尔苏拉因为害怕像上一辈的亲戚那样生下长了尾巴的孩子，所以不敢与阿卡迪奥同床。一天，一个朋友阿吉拉尔取笑阿卡迪奥不能人道，惹恼了他，被他杀了。就在那天，他和乌尔苏拉第一次同床。过了不久，阿吉拉尔的鬼魂常在他们眼前出现，为了逃避良心的责备，他们便翻过山，到人迹罕至的马孔多另建家园。

《百年孤独》讲的就是何塞·阿卡迪奥·布恩迪亚开辟马孔多村的故事。到故事结尾时，一阵旋风摧毁了整个村庄，也摧毁了这个村庄100多年的历史。故事中的马孔多村，不但是拉丁美洲国家的缩影，也是作者加西亚·马尔克斯童年所生活的故乡阿拉卡塔卡的写照。阿卡迪奥夫妇初到马孔多时，这地方还十分荒凉，全村只有二十间砖屋。这样一个与世隔绝的村落，与外界的接触只是通过与路过推销各种奇怪发明的吉卜赛人的交往。渐渐地，马孔多村有了点规模，村民日常生活的形态也有了改变。铁路交通建起来了，村内代表不同村民的自由党与保守党经常争执，美国公司来到村庄开辟香蕉种植园。由于雇主的无理剥削，香蕉园工人举行大罢工，结果数以千计的工人被屠杀。最后，一场飓风摧毁了香蕉园，美国人的香蕉公司撤走了，马孔多村又回到了先前的荒凉孤独。

在《百年孤独》中，加西亚·马尔克斯借用了不少东西方的神话和典故，使得故事弥漫着荒诞与传奇色彩。也由于作者用幻想的手法描绘现实，因此整篇小说充满喜剧气氛，人物的言行举止也像舞台剧中的喜剧人物那样。然而，小说到了结尾，却是悲剧。因为死后寂寞而复生的吉卜赛人领袖梅尔基亚德斯，曾经把一部手稿留给布恩迪亚一家，到了第五代的奥雷连诺·巴比伦手上时，发觉那部手稿是用梵文写成的。虽然奥雷连诺学过梵文，能够翻译出来，但他却发觉许多密码难以辨识。小说完结时，他终于看懂了那部手稿。原来这部手稿预先记录了布恩迪亚一家五代人一百年的历史。奥雷连诺看到马孔多村要被旋风摧毁的时候，旋风正在他的周围吹着：

奥雷连诺·布恩迪亚全神贯注地探究，没有发觉第二阵风——强烈的飓风已经刮来，飓风把门窗从铰链上吹落下来，掀掉了东面长廊的屋顶，甚至撼动了房子的地基。此刻，奥雷连诺·布恩迪亚发现阿玛兰妲·乌尔苏拉并不是他的姐姐，而是他的姑姑，而且发现弗朗西斯·德雷克爵士围攻里奥阿查，只是为了搅乱这里的家族血统关系，直到这里的家族生出神话中的怪物，这个怪物注定要使这个家族彻底毁灭。此时，《圣经》所说的那种飓风变成了猛烈的龙卷风，扬起了尘土和垃圾，团团围住了马孔多。为了避免把时间花在他所熟悉的事情上，奥雷连诺·布恩迪亚赶紧把羊皮纸手稿翻过十一页，开始破译和他本人有关的几首诗，就像望着一面会讲话的镜子似的，他预见到了自己的命运，他又跳过了几页羊皮纸手稿，竭力想往前弄清楚自己的死亡日期和死亡情况。可是还没有译到最后一行，他就明白自己已经不能跨出房间一步了，因为按照羊皮纸手稿的预言，就在奥雷连诺·布恩迪亚译完羊皮纸手稿的顷刻间，马孔多这个镜子似的（或者海市蜃楼似的）城镇，将被飓风从地面上一扫而光，从人们的记忆中彻底抹掉，羊皮纸手稿所记载的一切将永远不会重现，遭受百年孤独的家族，注定不会在大地上出现第二次了。

小说到了结尾，我们才知道，原来我们所读的那一部小说，就是梅尔基亚德斯用梵文写的那部手稿，即《百年孤独》。

《百年孤独》是一部结构复杂、人物众多、厚达三四百页的长篇小说，以今日习惯的轻、短、小阅读标准看，不容易吸引新一代读者。但它的西班牙文原版和各种译本（包括大陆和台湾地区的中译本），仍是文学类的畅销书。从小说的创作风格和作者所花的心思来看，这本小说也是值得一看再看的好书。从 20 世纪 70 年代到今天，英文版和中文版加起来，我也看了3次，从学习写作角度看，其无疑甚具启发性。

加西亚·马尔克斯开始构思这样一部鸿篇巨制时，只是一个十七八岁、初涉写作的文学青年。当时，他白天当记者，晚上写作。他的同事看他不停地写一本名为《家》的小说笔记，认为那是《百年孤独》的雏形。加西亚·马尔克斯在《阅读、影响和写作》一文中曾经说过："17岁的我曾经想写，但是幸好我很快就发觉，我自己也不相信我所讲的东西。"

> 我还需要一种富有说服力的语调。由于这种语调本身的魅力，不那么真实的事物会变得逼真，并且不破坏故事的统一。语言也是一个大难题，因为真实的事物并非仅仅由于它是真实事物而像是真实的，还要凭借表现它的形式。[1]

热爱写作的加西亚·马尔克斯一边写他的笔记，一边发表小说作品。1950年，他写了一个中篇小说《枯枝败叶》，里面就有后来出现在《百年孤独》中的美国香蕉公司作恶的情节。《枯枝败叶》可说是《百年孤独》的前奏，也是加西亚·马尔克斯的处女作。但由于他当时正在欧洲流亡，几番周折之后，该书于1955年才出版。

---

[1] 加西亚·马尔克斯:《马尔克斯散文精选》，朱景冬译，人民日报出版社，1999。

几年间，加西亚·马尔克斯相继出版了《没有人给他写信的上校》及《恶时辰》等四部著作，在拉丁美洲国家有了名气之后，才开始写他构思了10多年的《百年孤独》。他后来回忆说：

> 我生活了二十年，写了四本习作性的书才发现，解决办法还得回到问题产生的根子上去找，必须像我外祖父母讲故事那样老老实实地讲述。也就是说，用一种无所畏惧的语调，用一种遇到任何情况、哪怕天塌下来也不改变的冷静态度去写，并且在任何时刻也不怀疑所讲述的东西，无论它是没有根据的还是可怕的东西，因为在文学中没有什么比信念本身更具有说服力。[1]

他还说："有一个人值得我深表谢意，他对我说，《百年孤独》的伟大功劳不在于写了它，而在于敢写它。"1966年至1967年间，加西亚·马尔克斯开始潜心创作《百年孤独》。那时候他和妻儿住在墨西哥，生活却穷困潦倒。为了写作，他靠典当和借债以及朋友资助度日。

一天，他带着妻子梅塞德斯和两个孩子驱车到墨西

---

[1] 加西亚·马尔克斯:《马尔克斯散文精选》，朱景冬译，人民日报出版社，1999。

哥海滨城市阿卡普尔科去旅行。途中忽然灵感骤至：原来，我应该像我外祖母讲故事一样叙述这部历史——抓住和重复一个充满了预兆、民间疗法、先兆症状、迷信的世界，也可以说是一个极富我们拉丁美洲特色的世界，将这一切极其自然地视为日常生活的一部分，并不动声色、沉着冷静、绘声绘色地描绘出来，仿佛是她刚亲眼看到似的……于是，他立即调转车头，并对大惑不解的妻子说："我渴望已久的《百年孤独》到出生的时候了，你得给我半年时间……"[1]

《百年孤独》最初由阿根廷著名的南美出版社出版（1967），印量八千册，但半个月之内就抢购一空，第二版印了一万册，但单是墨西哥就订购了两万册，此后一路重印，40年来西班牙原文的销量总数已超过三千万册。

1982年，加西亚·马尔克斯凭《百年孤独》获得了诺贝尔文学奖，当时瑞典皇家学院称赞加西亚·马尔克斯：

创造了一个独特的天地，即围绕着马孔多的世界，那个由他虚构出来的小镇。自（20世纪）50年代末，他的小说就把我们领进了这个奇特的地方。那里汇聚了不

---

[1] 申家仁、江溶：《世界文学名著诞生记》，中国青年出版社，1992。

可思议的奇迹和最纯粹的现实生活。作者的想象力在神游翱翔：荒诞不经的传说，具体的村镇生活，比拟与影射，细腻的景物描写，都以新闻报道般的准确性再现出来。在加西亚·马尔克斯创造的这个天地里，可能死神是最重要的幕后导演。但是，这位作家通过作品所流露出的感伤情绪，在令人毛骨悚然并且感到生动与真实的同时，却表现出一种生命力。

第四章

美国黑人作家托妮·莫里森:

关于创伤的记忆碎片——一个人鬼相聚的魔幻世界

作者按：本章小说引文出自托妮·莫瑞森：《最蓝的眼睛》，陈苏东、胡允桓译，南海出版公司，2005。以及托妮·莫里森：《宠儿》，潘岳、雷格译，南海出版公司，2006。另：图片来自诺贝尔文学奖官方网站。

20 世纪 60 年代的美国，嬉皮士文化兴起的同时，也出现过 "Black is beautiful" 的文化运动。当时的美国非洲裔黑人知识分子不断声讨那些认为黑人长得不好看、污秽与懒惰等的刻板印象。他们强调，黑人的皮肤、头发以及长相，都是天生的，不能被刻板地标签化。"Black is beautiful" 等口号，让美国黑人感到飘飘然。然而，当时正在撰写第一部小说的黑人女编辑托妮·莫里森（Toni Morrison，1931—2019）却不大赞同这个叫法。她在 40 多年后谈到她那时写作的心情时说："他们可能遗漏了一些东西。黑人不是从来都是美丽的。他们已忘记历史上黑人曾经有过的内心的伤痛。"

　　所以她希望通过小说告诉人们，黑人曾经有过一段丑陋的日子，而且那种自认为丑陋的感觉是多么的难受。莫里森那部处女作名叫《最蓝的眼睛》，讲述一个黑人女孩渴望拥有一双像白人那样的蓝色眼睛，最终变得疯癫的悲惨故事。她的父母不喜欢她，他的父亲不知怎样表达对女儿的爱而强奸了她，使她后来变得精神错乱。小说中，莫里森花了不少篇幅描绘黑人小姑娘佩科拉对蓝眼睛的渴望。受到母亲不断灌输的意识的影响，佩科拉以为拥有一双白人的蓝眼睛就能补救自己身体的缺陷——长辈不断灌输给她的"黑人是丑的"的意识。"她常坐在镜子前长时间发愣，试图找出丑陋的秘密。"佩科拉从小就以自己的丑陋为耻。父母常常在她面前打架吵闹，使她讨厌自己的身体，并希望手指、前臂、胳膊肘、脚、肚子、胸部、脖子和脸都能够一点点地"变走"。佩科拉日复一日地祈祷，以为只要得到一双美丽的蓝眼睛，就可以改变一切——父母不再争吵打架，同学和老师都会喜欢她，一切都将会改变。"每到夜晚，她就祈求得到蓝眼睛，从不间断。她充满激情地祈祷了整整一年。尽管多少有些失望，她并未丧失信心。要想得到如此珍贵的东西需要相当相当长的时间。"

莫里森通过详细描述佩科拉一家人外表的丑陋，同时深挖这种丑陋的根源，从而指出佩科拉一家人的丑陋不过是源于对自身的信念，就像有一个无所不知的神秘主子给了他们每人一件丑陋的外衣，让他们穿上。

他们把丑陋抓在手心里，穿戴在身上，去闯荡世界，以各自不同的方式来对付它。布里德洛夫太太像演员对待道具那样对付丑陋，为的是塑造性格，为表现她为自己设计的角色——一个献身的烈女的角色。山姆把他的丑陋当作武器用于伤害他人。他以此为尺度调整自己的行为，以此为依据选择伙伴：它使有的人惊叹，有的人恐慌。而佩科拉则躲藏、遮掩，甚至消失在她的丑陋之后，偶尔从面具后面探头张望，很快又将其重新戴上。

《最蓝的眼睛》的出版令莫里森受到文坛注目。她重新挖掘黑人丑陋的根源，这使她成为继杜波依斯（W. E. B. Du Bois）之后，最能表现黑人文化和传统的黑人作家。

莫里森出生在美国俄亥俄州北部濒临伊利湖的一个名叫罗瑞恩（Lorain）的小镇，在莫里森的祖父时代，《解放奴隶宣言》已经颁布，但她的祖父认为这个法案不会改变黑人的生存状况，黑人仍然没有希望得到完全的自由。而莫里森的祖母认为上帝是可以帮他们摆脱苦难的救世主，只要信任上帝，一切都会改变的。这两种相反的人生观深深影响了小时候的莫里森，使她后来的小说一边充满宿命论，一边又寻求各种改变的可能性。莫里森小时候家境贫穷，父亲在造船厂当电焊工人，最终因为失业而要领取政府救济金。父母没钱交房租，更在寒冷的冬天被白人房东赶到屋外，这些受尽冷漠对待和歧视的生活体验，加上父母坚韧勇敢的个性，造就了莫里森日后强烈的自尊心和独立的人格。莫里森从小就对文学感兴趣，初中时已经读过许多欧美经典名著，其后更以优异的成绩进入全美著名的黑人大学霍华德大学。在大学期间，莫里森有机会阅读更多有关黑人历史的书，这成为她日后创作的重要泉源。

1953 年莫里森在霍华德大学毕业后，到康奈尔大学研究院深造，重点研究美国意识流小说家威廉·福克纳和英国意识流小说家弗吉尼亚·伍尔夫。她的硕士毕业论文选题是论述福克纳和伍尔夫小说中的自杀主题。硕士毕业后，莫里森在大学任英语教师，其间认识了当建筑师的哈罗德·莫里森（Harold Morrison），后来两人结婚，但过了几年，两人在生了两个孩子之后离了婚。而莫里森则转到纽约的兰登书屋任文学丛书编辑，专门编辑黑人作家的作品。在编辑记述美国黑人30年历史的《黑人之书》时，莫里森更广泛地接触了黑人历史。其后，她辞去了编辑工作，想尝试以挣版税稿费的方式专心写作，《最蓝的眼睛》就是她辞掉编辑工作后，兼职在哈佛大学教写作班时的作品。

《最蓝的眼睛》的初步成功给莫里森带来鼓舞。其后她又写了《苏拉》（*Sula*，1973）、《所罗门之歌》（*Song of Solomon*，1977）、《柏油孩子》（*Tar Baby*，1981）、《宠儿》（*Beloved*，1987）等几部中篇和长篇小说。其中《宠儿》不但给她带来了多个图书奖，而且使她获得了1993年的诺贝尔文学奖。

《宠儿》的灵感来自她在编辑《黑人之书》时所看到的一个故事。她在《宠儿》的序言中写道：

> 《黑人之书》中的一张剪报概述了马格丽特·加纳的故事：她是一个逃脱奴隶制的年轻母亲，宁可杀害自己的一个孩子（也企图杀死其余几个，未遂）也不愿让他们回到主人的庄园去，因而遭到逮捕。她于是成为反抗《逃亡奴隶法》——该法律规定可以强行将逃亡奴隶归还

主人——斗争中的一个著名讼案。她的神志清醒和缺乏悔意吸引了废奴主义者和报纸的注意。她的确是"一根筋"，而且从她的见解可以判断出，她有这种智力、这种残忍，以及甘冒任何危险争取在她看来是必需的自由的意愿。

历史中的马格丽特·加纳令人着迷，却令一个小说家受限。给我的发挥留下了太少的想象空间。所以我得发明她的想法，探索在历史语境中真实的潜台词，但又不是严格意义上的史实，这样才能将她的历史与关于自由、责任以及妇女"地位"等当前问题联系起来。女主人公将表现对耻辱和恐惧不加辩解的坦然接受；承担选择杀婴的后果；声明自己对自由的认识。奴隶制强大无比，黑人在其中无路可走。邀请读者（和我自己一起）进入这排斥的情境（被隐藏，又未完全隐藏；被故意掩埋，但又没有被遗忘），就是在高声说话的鬼魂盘踞的墓地里搭一顶帐篷。

《宠儿》初版于1987年，很快引起美国文学界的重视和热切谈论，其深刻的主题和后现代主义结构，被视为"美国文学史上的里程碑"。莫里森以《宠儿》讲述奴隶制下一个黑人母亲杀婴的故事，既诡异又沉重，同时再现了奴隶制时期黑人无法言说的肉体和心灵的伤痛，从而揭示了一个时代的黑人妇女所受的苦难和不幸。《宠儿》中的母亲塞丝，年轻时为了不想让新生的婴儿命定地成为又一个黑奴，在怀孕期间带着还在哺育期的女儿出走，躲在一个地方把肚子里的女儿生下来。最后她与婆婆萨格斯和先行离家的两个儿子会合，但奴隶主也追踪而至。塞丝为了不让孩子落入奴隶主之手变成下一代奴隶，便亲手割断了大女儿的喉咙。自此以后，她和婆婆所居住的124号，像是被诅咒一样，总是有鬼魂萦绕的感觉。而她附近的邻居，更把她视作一个恐怖的杀婴妈妈，对她避之不及。而她的两个儿子，更是远走高飞。

这样的生活过了18年，当日出世的女儿丹芙已18岁，但总是郁郁寡欢，脾气古怪，难于亲近。《宠儿》就是从这里开始：

　　124号恶意充斥。充斥着一个婴儿的怨毒。房子里的女人们清楚，孩子们也清楚。多年以来，每个人都以各自的方式忍受着这恶意，可是到了1873年，塞丝和女儿丹芙成了它仅存的受害者。祖母贝比·萨格斯已经去世，两个儿子，霍华德和巴格勒，在他们十三岁那年离家出走了——当时，镜子一照就碎（那是让巴格勒逃跑的信号）；蛋糕上出现了两个小手印（这个则马上把霍华德逼出了家门）。两个男孩谁也没有等着往下看：又有一锅鹰嘴豆堆在地板上冒着热气；苏打饼干被捻成碎末，沿门槛撒成一道线。他们也没有再等一个间歇期，几个星期甚至几个月的风平浪静。没有。他们当即逃之夭夭——就在这座凶宅向他们分别施以不能再次忍受和目睹的侮辱的时刻。在两个月之内，在残冬，相继离开他们的祖母贝比·萨格斯，母亲塞丝，还有小妹妹丹芙，把她们留在蓝石路上这所灰白两色的房子里。当时它还没有门牌号，因为辛辛那提还没扩展到那儿呢。事实上，当兄弟俩一个接一个地把被子里的棉絮塞进帽子、抓起鞋子，偷偷逃离这所房子用来试探他们的活生生的恶意时，俄亥俄独立成州也不过七十年光景。

故事开始不久，昔日在被称作"甜蜜之家"的奴隶屋中一起干活的同伴保罗·D 找到了塞丝。两人同居起来，并且关系亲昵，引起了丹芙的妒意。其后，一个陌生女孩子在他们中间出现，她总是需索塞丝的眷顾。丹芙本能地认出了她就是那个被母亲亲手杀死的姐姐宠儿——母亲在她坟上写上 Beloved 的名字。宠儿的鬼魂就是这样通过少女的肉身重临塞丝的生活。

诡异的故事通过莫里森以黑人传统讲故事语调道出，使整篇小说弥漫着邈远而神秘的色彩。小说通过第三人称的叙事手法，利用内心独白和意识流技巧，穿透每个角色的内心世界。这种多声部叙事、片段式进入人物内心世界的叙事风格，令人刮目相看，不但使莫里森赢得了普利策奖和肯尼迪奖等文学奖，而且奠定了日后她获得诺贝尔文学奖的重要基础。

从《宠儿》中，我们可以看到莫里森如何运用象征手法深化全书的主题，以隐喻的语言再现美国黑人那段伤痛历史。其中反复出现的树的象征意义，让人感到锥心之痛。莫里森首先以塞丝背上的树隐喻奴隶制的罪恶：

> 塞丝目光越过丹芙的肩头，冷冷地看了保罗·D一眼。"你操哪门子心？"
>
> "他们不让你走？"
>
> "不是。"
>
> "塞丝。"
>
> "不搬。不走。这样挺好。"
>
> "你是想说这孩子半疯不傻的没关系，是吗？"
>
> 屋子里的什么东西绷紧了，在随后的等待的寂静中，塞丝说话了。
>
> "我后背上有棵树，家里有个鬼，除了怀里抱着的女儿我什么都没有了。不再逃了——从哪儿都不逃了。我再也不从这个世界上的任何地方逃走了。我逃跑过一回，我买了票，可我告诉你，保罗·D.加纳：它太昂贵了！你听见了吗？它太昂贵了。现在请你坐下来和我们吃饭，要不就走开。"
>
> 保罗·D从马甲里掏出一个小烟口袋——专心致志

地研究起里面的烟丝和袋口的绳结来；同时，塞丝领着丹芙进了从他坐着的大屋开出的起居室。他没有卷烟纸，就一边拨弄烟口袋玩，一边听敞开的门那边塞丝安抚她的女儿。回来的时候，她回避着他的注视，径直走到炉边的小案子旁。她背对着他，于是他不用注意她脸上的心烦意乱，就能尽情欣赏她的全部头发。

"你后背上的什么树？"

"哦。"塞丝把一只碗放在案子上，到案子下面抓面粉。

"你后背上的什么树？有什么长在你的后背上吗？我没看见什么长在你背上。"

"还不是一样。"

"谁告诉你的？"

"那个白人姑娘。她就是这么说的。我从没见过，也永远不会见到了。可她说就是那个样子。一棵苦樱桃树。树干，树枝，还有树叶呢。小小的苦樱桃树叶。可那是十八年前的事了。我估计现在连樱桃都结下了。"

塞丝用食指从舌尖蘸了点唾沫，很快地轻轻碰了一下炉子。然后她用十指在面粉里划道儿，把面粉扒拉开，分成一小堆一小堆的，找小虫子。她什么都没找到，就往蜷起的手掌沟里撒苏打粉和盐，再都倒进面粉。她又找到一个罐头盒，舀出半手心猪油。她熟练地把面粉和着猪油从手中挤出，然后再用左手一边往里洒水，就这

51

样她揉成了面团。

"我那时候有奶水，"她说，"我怀着丹芙，可还有奶水给小女儿。直到我把她和霍华德、巴格勒先送走的时候，我还一直奶着她呢。"

她用擀面杖把面团擀开。"人们没看见我就闻得着。所以他一见我就看到了我裙子前襟的奶渍。我一点办法都没有。我只知道我得为我的小女儿生奶水。没人会像我那样奶她。没人会像我那样，总是尽快喂上她，或是等她吃饱了、可自己还不知道的时候就马上拿开。谁都不知道她只有躺在我的腿上才能打嗝，你要是把她扛在肩膀上她就不行了。除了我谁也不知道，除了我谁也没有给她的奶水。我跟大车上的女人们说了。跟她们说用布蘸上糖水让她呷，这样几天后我赶到那里时，她就不会忘了我。奶水到的时候，我也就跟着到了。"

"男人可不懂那么多，"保罗·D说着，把烟口袋又揣回马甲兜里，"可他们知道，一个吃奶的娃娃不能离开娘太久。"

"那他们也知道你乳房涨满时把你的孩子送走是什么滋味。"

"我们刚才在谈一棵树，塞丝。"

"我离开你以后，那两个家伙去了我那儿，抢走了我的奶水。他们就是为那个来的。把我按倒，吸走了我的

52

奶水。我向加纳太太告了他们。她长着那个包，不能讲话，可她眼里流了泪。那些家伙发现我告了他们。'学校老师'让一个家伙划开我的后背，伤口愈合时就成了一棵树。它还在那儿长着呢。"

"他们用皮鞭抽你了？"

"还抢走了我的奶水。"

"你怀着孩子他们还打你？"

"还抢走了我的奶水！"

白胖的面圈在平底锅上排列成行。塞丝又一次用沾湿的食指碰了碰炉子。她打开烤箱门，把一锅面饼插进去。她刚刚起身离开烤箱的热气，就感觉到背后的保罗·D和托在她乳房下的双手。她站直身子，知道——却感觉不到——他正把脸埋进苦樱桃树的枝权里。

这个故事之后，每次提起她背上的树，总让人仿佛看到塞丝怎样地受尽凌辱与伤害，而作为读者的我们，却是眼睁睁地看着她受罪。对于塞丝来说，每次一想到背后的树，就意味着揭开了痛苦记忆的伤疤。而树在莫里森笔下，则成了奴隶制罪恶的隐喻。

在黑人的文化传统当中，死亡只是比喻人的肉身不再存在，但灵魂仍然可以影响人们的生活。莫里森把读者带进这个文化系统，让读者相信宠儿的鬼魂借肉身出现的可信性，把现实与幻想的界限模糊掉，创造出了一个人鬼相遇和相聚的魔幻世界。而宠儿的死而复生，其可信性也来自非洲神话故事和民间传说。

《宠儿》的叙事技巧也令人叹服。和福克纳一样，莫里森打破传统小说强调的时间上的线性叙事，把时间和空间切成碎片，却通过叙事的逻辑重新拼贴，使读者目眩神迷。《宠儿》的中心情节是塞丝亲手杀死女儿，但莫里森没有一次把故事说完，而是通过小说中好几个角度叙述，而且讲述的过程不断被肢解，读者刚刚知道一点线索，叙事者就绕过去说其他事情。待下次提起这个故事时，也是一样的零散。然而，这样的阅读经验正与人物最初逃避伤痛回忆，到后来敢于直面伤疤的情节配合得天衣无缝，使得整个故事的过去和现在联系起来。

通过《宠儿》，莫里森向我们展示了美国非洲裔黑人的创伤记忆——奴隶制对黑人精神和肉体的摧残所遗留下来的难以忘记的伤痛。从第一部小说《最蓝的眼睛》开始，莫里森就关注到黑人能走到今天是那么的不容易——是一代一代的先辈们在奴隶制下以鲜血、尊严和伤痛换取的。其中莫里森尤其关注黑人女性的命运，以及她们那种无惧无畏的赴义精神。莫里森通过《宠儿》以及后来的作品，引领读者追寻黑人女性自觉意识的形成，并与黑人民族意识的觉醒互相呼应，从而构建出一种当代黑人——尤其女性——的主体意识。历史的伤痛历历在目，不易忘记，也不应忘记。正如她说过的："掌握自己的历史是非常必要的，人们要了解自己，首先必须了解自己的历史。"在《宠儿》中，莫里森对美国的黑奴历史做了十分深刻的反思，因为正是这段历史给美国黑人带来了无以言表的伤痛。在书中，莫里森提出了"六千万甚至更多"的奴隶问题，宠儿的还魂正揭示了那些黑奴亡魂不愿回顾的血泪经历。而《宠儿》之所以感人，正是在于它没有停留在揭露与控诉上，而是通过宠儿的假借肉身，唤醒无法摆脱沉痛记忆、惦念自己亲手杀死的亲生女儿的塞丝，使她直面创伤，从孤独的阴影中走出来，找回自我。

对莫里森来说，美国非洲黑人文学在美国文学发展史中从来只是配角，就像每个黑人出现在文学作品中，总是边缘人物。而她则要重塑黑人在美国文学作品中的形象，以表现和发扬黑人文化的优点，让读者重新认识美国黑人的模样。莫里森认为，白人作家不去了解也不愿意了解黑人，他们只会按照刻板印象在文学作品中塑造黑人形象，目的是用来反衬白人。这类黑人形象不能与奴隶制下的真正黑人先辈们相比，只有深切体会到黑人痛苦的作者，才能展示真正的黑人形象。简单地说，除了反映黑人在历史上的不幸境况，还要揭示黑人争取民主和自由的斗争精神，而不是像白人作家一样，只想掩盖对黑人身体上的欺凌和心灵上的摧残。

第五章
日本作家大江健三郎：
在虚构世界里挖剖个人经验

作者按：本章小说引文出自大江健三郎：《个人的体验》，王中忱译，光明日报出版社，1995。另：图片来自诺贝尔文学奖官方网站。

大江健三郎（Ōe Kenzaburō，1935—2023）在其口述自传中，说到他晚年写的一部作品《别了，我的书！》：

> 我也是一个老作家，必须说出"别了！"的时刻日渐临近，而且，像我这样读书占据了人生一半时间的人，还想衷心地对自己此前读过的所有书也道一声"别了！"。于是，我就考虑搞一个仪式，以这种向大家发表讲话的形式，与可以称之为我的生涯之书的各种书告别（如果可能的话，我打算把这些书亲手交给大家）。我想请一次次垂顾书店而且肯定会比我更长久地生活下去的各位记住那些书。……通过读书，我们可以知道，写出那书的人的精神是在如何活动，一个人的思考又将使其精神如何发挥作用，读者将借此发现现在的自己遇见了怎样重要的问题，也就是说，我们也将能够遇见真正的自己。[1]

对于大江健三郎来说，这些话尤其真切。通过他写的书，

[1] 大江健三郎（著）、尾崎真理子（整理）：《大江健三郎口述自传》，许金龙译，新世界出版社，2008。

我们可以知道，他的精神是如何活动，而他的思考又将使其精神如何发挥作用。正如诺贝尔文学奖评奖委员会说的：大江以诗的力量创造了一个想象的世界，并在这个想象的世界中将生命和神话凝聚在一起，刻画了当代人的困惑和不安。

生于1935年的大江健三郎，正是用他的书写给读者展现了一个他个人的精神世界。例如在获得诺贝尔文学奖的作品《个人的体验》中，大江借用小说的主人公来慨叹自己对现实的无奈和痛苦，但同时又通过这样的生活来重新认识自己——他在现实生活中因为有一个被视为智障的儿子而感到痛苦，但又从中解剖自己，努力学习如何面对种种困惑和不安。

大江健三郎从1950年开始写作，当时他还只是一个中学生，但已显出不凡的写作天分与魅力。他小学时代就喜欢阅读，而且喜爱哲学思考。当时兴起的法国作家萨特、加缪等人的存在主义思潮对他产生颇大影响，让他常常思索人生问题。而他在自己的创作中，也常把自己和日本民族以及人类命运联系在一起，以探究人生意义。《个人的体验》和《万延元年的足球队》等作品反映了存在主义思想对他的影响。其中，人在自身存在中因寻找意义而获得再生的母题，在他的小说中不时重现。即使到了后期的《愁容童子》，那种影响他早期作品的哲学思想，仍然是主宰其作品的中心思想，但加上了不少今天知识界所关注和思考的议题：边缘、环境、回归生命本源等。

大江健三郎1954年在东京大学念书时已热衷于萨特、加缪、福克纳和安部公房等人的作品，并在几年间陆续发表多篇短篇小说。1958年他凭《饲育》获得芥川奖，立刻成了日本文坛的明日之星。

1963年对大江健三郎的创作生涯来说是一个转折点。他的长子大江光在这一年出世，使他的个人和家庭生活产生了十分重要的变化。这位正在冒起的青年作家因为新生儿的先天性残疾而不知所措——婴儿的头盖骨先天缺损，脑组织外溢，经过治疗后仍然是个脑残疾者。儿子的情况使大江受到很大的打击。同年夏天，他还参加了广岛原子弹爆炸后遗症的调查组，探访了爆炸中的幸存者，了解到死亡与不幸的降临是那样的无法预计，并且深深影响着个人的存在价值。残疾儿子面临的死亡威胁使他明白了广岛幸存者失去亲人和死里逃生的痛苦。把两者联系在一起，他从存在主义的哲学角度更加理解了生存和死亡的意义。接着他写了《个人的体验》（1964）和《核时代的森林隐遁者》（1968）等一系列以残疾人和核问题为题材的作品，里面充满着浓厚的人道主义情怀。

《个人的体验》以私小说的形式面向读者。主人公鸟结婚两年后孩子出生，当医生告诉他婴儿头部长了一个大瘤，要做手术，但即使做了手术生存下来也可能成为残疾儿时，他经历了一段十分复杂的心理交战，甚至和医生商量，怎样可以不让孩子出生。医生虽然没有答应他，但建议不按时喂养婴儿，最后却因为医院方面力主开刀割除肉瘤，婴儿才侥幸存活下来。

作为教师的鸟在这段时间经历了善与恶的斗争以及良心的不断挣扎,体验了人性的最大锤炼。作为小说,《个人的体验》以鸟的遭遇折射了社会上人性的心理畸形。鸟的孩子虽然出生时长着如脑袋一般大的肿瘤,但他是无辜的,就像广岛原爆后那些无辜的下一代一样,上一代战争遗留下来的祸患造成令他们痛苦的形貌。广岛和长崎原爆导致日本出现不少畸形儿和残疾儿,而无数平民面对这些天生残疾的儿童,内心的痛苦实不足为外人道,而大江健三郎则以自己的经历和体验,对他们也对自己寄予无限的同情。

前面说过,大江的《个人的体验》继承了日本私小说的传统,这是因为他把自己真实的生活经历和内心感受都写进了小说。所谓"私小说",是出现在日本大正时代(1912—1926)的一种小说写作形式,以第一人称或第三人称描写作者自身曾经有过的真切感受和身边的生活经验。(中国现代文学中,郁达夫的《沉沦》便是有名的私小说作品。)因此,我们可以借小说的内容来对比一下真实生活中大江对残疾儿出生的感受。

27岁的鸟是一所补习学校的英语教师。他15岁时被称为"鸟",因为他"耸起的肩犹如收拢的羽翼,光滑的鼻梁像鸟喙一般坚硬而弯曲,眼睛泛出迟钝的胶状的光,薄薄的嘴唇一直紧绷着,燃烧的火焰一般的硬发则直指苍穹"。他在25岁结婚之后不久便开始酗酒,整整四星期狂饮,总是喝得烂醉如泥。而他平日除了听唱片便是酩酊大醉。最后,他在经历了700个小时的酒醉状态后醒了过来。

两年后他的妻子临产前，医生给他打电话，说他的新生婴儿有些异常，要他马上到医院去。而鸟则像谈论别人的事似的问医生："孩子母亲没事吧？"然后他赶到医院，得悉孩子患的是脑疝，由于脑盖骨缺损，脑组织流淌出来，看上去像是有两个脑袋。院长说，就算动手术，结果也可能成为植物人。鸟当时的反应是跪地痛哭。

他在不知所措的情况下想起了女友火见子。大学时代，他们有次因为喝醉酒而睡在一起。他去见火见子，才知道正是那一次使她告别了处女时代。但这次两人没有做爱，却是一起饮酒，他醉倒在火见子的卧室里。

这个时候，医生没有如他期望的那样，放弃救治他的儿子。鸟在绝望之余，希望医生拖延手术，让婴儿自然死去。但医生表示"不可以直接动手弄死婴儿"，但私下里建议鸟"调整一下给婴儿喂奶的量"，或者干脆"用糖水代替牛奶"。而鸟从医院昏暗的走廊逃回火见子的住处后，却和她疯狂做爱。然后，医院来电话告诉他，医院专家们决定为婴儿动手术。但手术如不成功，婴儿有可能变成植物人。终于，他拒绝了做手术的建议，把婴儿从医院抱了回来。他和情人火见子想出几个方案，甚至想借用黑市堕胎医生之手埋掉婴儿。然而，婴儿的啼哭唤醒了鸟的良心，最终他决定把孩子送回医院接受治疗，以承担起自己的人生责任。

经历过良心的挣扎和煎熬，鸟在几个月后的冬天从医院接回了做过手术后仍有残疾的孩子。在家里，鸟拿起一位外国朋友送给自己的辞典，这本辞典的扉页上有朋友为他题的"希望"二字。他要立即翻开这本辞典，查阅"忍耐"的语意。

从"私小说"的角度看，这里面自是有大江的心路历程和生活体验。但是《个人的体验》并不是完全沉湎于描写个人心理行为的"私小说"，而是通过个人的体验和不幸，寻找一种哲学性的超脱——当时大江的人生哲学就是存在主义，从小说中鸟对残疾儿出生的反应，便可看出这种存在主义的取向，正如加缪笔下的局外人听到母亲死亡的淡然反应一样。这种在当时来说带有"普遍意义"的世界观，让小说主人公／大江健三郎有种超然物外的反应。

对大江健三郎而言，《个人的体验》标志着他的创作风格开始成熟。他通过自己亲身经历过的两件事情——长子出生时的心灵挣扎和对广岛原爆事件后遗症的体会，利用小说叙事对人的存在意义进行反思，而他自己更是开始关注残疾儿童以及核威胁的议题。

正如笔者在篇首说的，存在主义意识主宰着整部小说的调子。大江健三郎这段时期创作的作品，主人公大多是感到无力主宰自身命运的日本当代青年，他们呈现出来的是一种对生活和命运的挫败感，而最终，则因为对自己存在意义的肯定而有一种不向现实低头的精神。在小说完结前，鸟及其残疾儿，以及他的情人火见子都获得了新生——重新找回做人的基本责任。这种新生，既指作者笔下的主人公及其残疾儿等，也指整个民族。

《个人的体验》正是大江健三郎这种人道关怀的体现。他在经历过主人公那种复杂的内心挣扎之后，以自身经历为背景写成这部长篇小说。因此，瑞典文学院认为作者"通过写作来驱魔，在自己创造的虚构世界里挖剖个人经验，成功描绘出人类的共通点。可以认为，这是成为脑残疾儿子的父亲以后才会写出来的作品"。而大江健三郎也说过："随着头部异常的长子的出世，我经历了从未感受过的震撼。我觉得无论自己曾受过的教育还是人际关系，抑或迄今所写的小说，都无法支撑起自己。我努力重新站立起来，即尝试着进行工作疗法，就这样，开始了《个人的体验》的创作。"[1]

《个人的体验》所体现的人文关怀精神，贯穿大江健三郎后期的作品，而他在 20 世纪末期以后的作品，则更多地关注本土与边缘的问题。这里说的本土，是日本民族的反省意识、日本的文化本原和环境等议题。至于边缘，是一直以来他所关注的弱势群体和被侮辱与被损害者。这种被论者视为文化救赎的思想，在他晚期的作品中尤为突出。瑞典文学院 1994 年给

[1] 大江健三郎（著）、尾崎真理子（整理）：《大江健三郎口述自传》，许金龙译，新世界出版社，2008。

他颁授诺贝尔文学奖时，就已经指出这点：

　　大江健三郎说他的眼睛并不盯着世界的听众，只对日本的读者说话。但是，其中存在着超越语言与文化的契机、崭新的见解、充满凝练形象的诗这种"变异的现实主义"，让他回归自我主题的强烈迷恋消除了（语言等）障碍。我们终于对作品中的人物感到亲切，惊讶其变化，理解作者关于真实与肉眼所见的一切均毫无价值的见解。但价值存在于另外的层次。往往从众多变相的人与事中最终产生纯人文主义的理想形象，我们全体关注的感人形象。

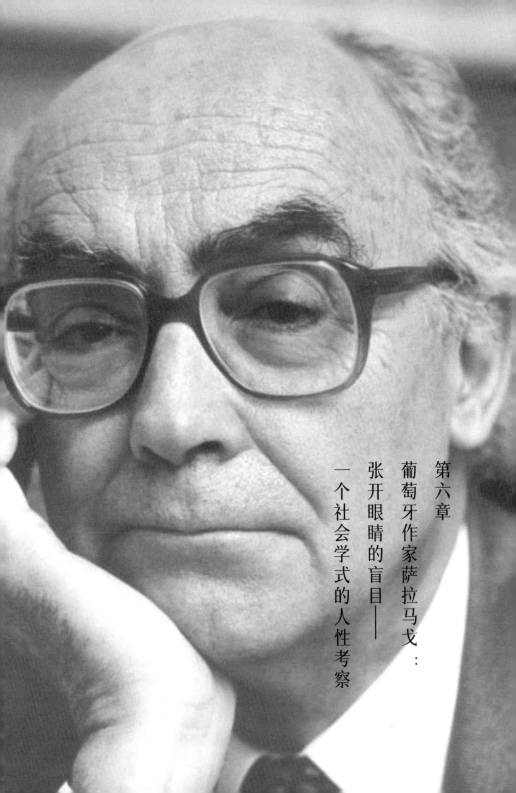

第六章
葡萄牙作家萨拉马戈：
张开眼睛的盲目——
一个社会学式的人性考察

作者按：本章小说引文出自若泽·萨拉马戈:《盲目》，彭玲娴译，时报文化，2002。另：图片来自诺贝尔文学奖官方网站。

在诺贝尔文学奖得奖作家中，葡萄牙小说家若泽·萨拉马戈（José Saramago，1922—2010）是比较特别的一个。虽然他早在20多岁时已开始写作，但是到1980年58岁时出版了长篇小说《大地起义》（*Raised Up from the Ground*）后，才开始受到文坛注目。他在1998年66岁时获奖，距离他的获奖小说《盲目》的出版只有3年。（如果以英译本算，则只有一年。台湾版跟英译本译作《盲目》，大陆版跟葡萄牙文译作《失明症漫记》，这里用的是台湾版。）他也是以葡萄牙语写作而获诺贝尔文学奖的第一人。他的得奖，是因为其"富有想象力，富同情心和具嘲讽意味的天马行空式的寓言故事再次让我们探寻那难于捉摸的现实"。

《盲目》的故事并不复杂，讲的是一个在开着车的人忽然就看不见东西，变成了盲人。一个路人帮他开车，把他送回家，并扶他进屋子里。但原来此人是小偷，他下楼后把盲人的车偷走了。盲人的妻子带他去看眼科医生，医生也不明白为什么他突然之间就盲了。而这种盲不是普通盲人的症状，即眼前黑漆漆（黑蒙）的看不见东西，而是眼前都是白蒙蒙一片，奇怪的是，这种患失明症的眼睛外表看来和开眼人一样。

医生把这种新的症状称作"白蒙"，因为找不出其成因，还没法治。病人回家后，事情变得离奇起来。医生的眼睛也出现白蒙现象，然后也盲了。他意识到这可能是传染病，便立即向卫生局报告，然后根据指示，马上迁去隔离的地方——一家废弃的精神病院。医生的太太害怕没人照顾他，谎说自己也受传染，跟着丈夫一起去隔离。当局也根据医生的线索，找到了看过眼科医生的被传染者，然后把他们都送进废弃的精神病院隔离。跟着陆续又有一些失明的人住进来。起先，只有一个房间的人时，虽然有冲突，但相处还可以，之后进去的人越来越多，到最后达到三百余人。整个精神病院变成一个集中营，守卫因害怕传染而不跟他们接触，但最后仍是失明了。在没人管理的情况下，某个房间一群失明者以流氓和统治者的姿态控制了食物，要营中所有盲人都交出全部财物才可以拿到食物。然后，又强迫所有女性为他们提供性服务。

因为食物被控制，大家都被迫就范。但是，在开眼的医生太太忍受不了而杀死流氓头目后，病房的人便群起抵抗，终于烧死了那群流氓。在守卫因失明而早已跑掉的情况下，那些反抗的人也跑到了街上。最后，突然地，第一个失明的人能看到了，然后，其他的人也相继能看到了，但看到的景象却让他们震惊了——全城已陷入无政府状态，街上的人全都失明了，自己的家也给其他失明者霸占了。小说的结尾是：一直没盲的医生太太"站起身走到窗边，俯瞰满是垃圾的街道，俯瞰正在欢呼、歌唱的人群，然后抬起头仰望天空，眼前一片浑白。轮到我了，她想。恐惧促使她急急垂下眼光。城市依然在那儿。"

　　故事有点魔幻性质，接近于拉丁美洲的魔幻现实主义，也像卡夫卡的小说那样，充满梦幻色彩而不可思议。然而，萨拉马戈的叙事风格却是独特的。这部小说不像其他传统小说那样有对人物性格的描述和人物对话时的条理分明。作者没有在对话中加上引号，没有分行，也没有加上说话者的名字，而是全凭读者在句子中感受和捕捉话语的逻辑性。这种叙事风格需要读者全神贯注地阅读，分清谁在说话、谁在叙事、作者在哪里……除了小说的艺术手法，小说的人物设计和情节安排也很独特。从第一页开始，整部小说都没有出现人物的名字。叙事者在描述他们时，都以"第一个盲人"、医生、医生太太、戴墨镜的女孩等来形容其身份。正如医生太太所想的：

　　　　当大家都看不到谁是谁时，知道各人的名字有什么用？我们与世界隔绝得如此之远，将再也不知道自己是谁，甚至再也记不得自己的姓名，何况名字在这儿有何用处，狗与狗之间彼此并不相识，也并不依主人取的名字来辨识彼此，每只狗之间的不同在于气味，彼此之间便是用气味来辨认，我们就像另一种狗，用彼此的吠声和话语来辨识，至于其他的特征，五官、眼睛和头发的颜色，都不重要，仿佛并不存在似的……

全书最关键的人物，正是没有失明的医生太太。因为作者设计的这个失明传染病，使失明了的眼睛看上去跟正常人的一样，而医生太太为了照顾丈夫跟他一起进集中营也是常理之中，甚至也能瞒过卫生局。正是她的开眼，让读者看到了人性如何在封闭和被蔑视、专政和被羞辱之下出现种种扭曲。作者也借着她的眼睛，描述了精神病院的环境和各人对环境的不同反应，最后也借着她开眼的优势，杀死了流氓头子。

这是一个关于社会崩溃的寓言，也是一个社会学式的人性考察。因为所有人都盲了，社会上原本的秩序都不管用，善良者如医生太太会像圣母玛利亚一样，悉心地照顾受难者，但恶人流氓则如魔鬼撒旦，把人折磨得死去活来。在社会秩序和制度崩溃的情况下，人性恶和人性善的一面也暴露无遗。为了能填饱肚子，出卖和叛变有之，忍受屈辱有之，互相提携照应、牺牲自己成全大家者有之。作者充分显示了强权之下的种种世态。萨拉马戈以极具说服力的笔触，令小说震撼人心，让读者印象深刻，从而使其意识到现代社会管治的脆弱性。尤其是对极权控制的忍辱和顺从的描绘令人心寒，从而激起人们反抗的本能。

萨拉马戈虽然写的是寓言，却不是无的放矢。他在里斯本长大，父亲是普通警员，中学读的是职训学校，青年时期干过汽车修理等工作。他也热衷写作，25岁出版了他的小说处女作，但由于没有销路而停笔，直到19年后才出版他的第二部作品——一本诗集。又过了 11 年之后，出版了他的第二本小说。20 世纪 60 至 70 年代是他的社会活动活跃时期。他以新闻工作者身份为报刊写稿和发表短篇小说，也参与各种社会活动。1969 年他更是加入了共产党，可见他当时的关于社会不公现象的愤慨多么强烈。

1980 年他的长篇小说《大地起义》（*Raised Up from the Ground*）出版，其小说家地位才得以确立——那时他已 58 岁。1982 年出版《修道院纪事》之后，声名鹊起；1984 年的《诗人雷伊斯逝世的那一年》获英国《独立报》"国外小说创作奖"；1988 年的《巴达萨与布莉穆妲》首度使他成为英语出版世界的焦点；1989 年的《里斯本围城史》对历史诠释做出了新面向的探索；1992 年获选为当年的葡萄牙文作家；1995 年出版《盲目》后，获"西班牙骑士大奖"和法国政府授予的"文学骑士勋章"；1998 年则获得了诺贝尔文学奖。

萨拉马戈直到 2010 年逝世时都是以左翼知识分子自居。获得诺贝尔文学奖之后，他自己开了一个博客，对社会上各种政治议题发表看法，尤其对美国小布什政府的右翼和霸权主义意识形态做出了强烈的批判。

第七章

德国作家君特·格拉斯：

一个侏儒眼中的记忆伤痕

本章小说引文出自君特·格拉斯:《铁皮鼓》,胡其鼎译,上海译文出版社,1990。
另:图片来自诺贝尔文学奖官方网站。

2015 年 4 月，德国作家君特·格拉斯（Günter Wilhelm Grass，1927—2015）逝世时，我就想写写他。最近上香港文学课，向学生提到格拉斯与我的一段因缘，那和 20 世纪 80 年代曾经发生过的一件文坛小事有关。

我和格拉斯算是有过一面之缘，但不认识。1980 年，《明报月刊》搞了一个座谈会，请了去内地访问路经香港的格拉斯参加座谈。香港作家有当时的《明报月刊》总编辑胡菊人和刘以鬯、戴天、余光中、也斯等。座谈会的主题是"作家的社会责任"。这个主题也许是应格拉斯的背景而起的，因为他不但是在德国——当时称作"联邦德国"——享负盛名的作家（当时还未获得诺贝尔文学奖），而且是强调作家社会责任的左翼作家。刘以鬯先生在座谈会上强调，要作家负起对社会的责任，首先要社会负起对作家的责任。其后刘先生在《明报月刊》发表一篇长稿做补充，并以老舍和叶紫等为例子，说明战时中国作家生活困苦，还谈什么社会责任。

当时曾澍基和黎则奋等人办了一本杂志《文化新潮》，我在第一期上写了一篇长文，反驳刘先生的论点。我主要讲出，战时作家即使生活再困苦，也没有忘记作为作家的社会责任，而写出了不少声讨侵略者和反映人民生活苦况的作品。我引了格拉斯在座谈会上的一段话："一个作家无论遭遇多大的社会困难，都不能阻止他去写他要写的作品，如果他真正一定要写，真正感到内心有一种动力的话。或者我们没有充分讨论过这方面的情况，这是作家对自己的责任，对他所具有特殊才华的责任，这是他的使命，只有他才能把要写的东西付诸实现。"

文章发表后在香港文坛引起了一场关于作家与社会责任的争论小风波。刘先生作为甚具声望的作家，被我这个无名小子批评当然有些不高兴，但他没有加以辩白，反而是他在文坛上的一些作家朋友以及一些专栏作家，批评我这个初生之犊不明社会实况。其后看到刘先生，他仍然不以为忤，还约我为他翻译一篇外文小说。这可见刘先生的胸襟。

格拉斯是我喜欢和敬佩的作家。但我读他的小说，却是由电影开始。当年香港国际电影节放映的由他的小说改编的《铁皮鼓》，让我有种震撼的感觉，后来我就把他的"但泽三部曲"和自传都看完了。虽然他的自传后来引起一点争议，但无损于我对他的敬佩。

《铁皮鼓》由德国大师施隆多夫（Volker Schlöndorff）导演，1979 年在香港国际电影节的译名为《锡鼓》（台湾译名），那时已是原著出版 20 年之后。虽然小说在联邦德国已是畅销书，但在英语世界一纸风行，还是拍成电影之后。原著是厚达四五百页的长篇小说，导演在两个小时之内对其做了十分完美的演绎。叙事者奥斯卡那孩童声音的旁白和那双充满惊恐表情的大眼睛，加上那单调呆板的鼓声，使得整个故事产生了难以名状的震撼力。生命的无常、人对暴力的无助，混杂在黑色荒诞的处境中，令人伤感。电影《铁皮鼓》着重表现小说中的家庭历史和家庭生活，以呈现人的生、老、病、死。电影对小说中的婚姻、婚外情、强奸、暗恋等行为加上了许多性行为的描绘和暗喻，影像视觉强烈，层次丰富，即使多年后的今天，我仍有深刻的印象。后来读格拉斯的小说，知道性跟生存和死亡都有不可割断的联系。

格拉斯1927年出生于但泽（即今天波兰属地格但斯克，当年则属于德国）。在他中学期间（1944），当纳粹德国已呈败象时，他被征召入伍，后来因受伤被俘，1946年德国战败后获释。1949至1953年间，他先后入读杜塞尔多夫艺术学院和西柏林艺术专科学校。读书期间，他对雕塑、绘画和写作有着浓厚的兴趣，之后还参加了著名的文学团体"四七社"，并且陆续发表了诗歌、话剧和短篇小说等作品。《铁皮鼓》出版于1959年，奠定了他在德国文坛的大师级地位。当年他在"四七社"诵读这部小说初稿时，就获得文友的交口称赞。《铁皮鼓》不但是他的重要代表作，也是德国当代文坛的瑰宝。其后他又写了中篇小说《猫与鼠》（1961）和长篇小说《狗年月》（1963），虽然跟《铁皮鼓》没有上文下理的关系，人物和情节也没关联，但它们的故事都发生在但泽，都是通过描述纳粹兴起及其使德国人产生的"后遗症"，批评和讽刺了德国现实。

当出版社决定把三部作品称作"但泽三部曲"时，格拉斯也表示同意。前面说过，格拉斯是左翼作家。他是德国左翼政党社会民主党的成员，有强烈的社会主义倾向，因此他的作品很多都抨击德国战后资产阶级的恶行，当年德国总理施罗德就曾经称他为"卓越的社会批评家"。

从欧洲文学传统来看，《铁皮鼓》可说是一部流浪汉体裁的小说。这种体裁承继自16世纪的西班牙小说，主要描写一个特殊人物在混乱和衰败的社会中的流浪生涯，并从中揭示光怪陆离的社会状况。这些小人物通常以"反英雄"的面貌出现，他们是"局外人"，但往往在重要关头都参与其中。《铁皮鼓》的架构也差不多，全书共分四十六章，以框架结构展开。小说主人公奥斯卡是一个有着侏儒身材、被视为精神病患者的人。在奥斯卡的叙述中我们知道，1899年10月，穿四条裙子的农妇安娜·布朗斯基在收割土豆时，用裙子救了被宪兵追捕的矮而壮的男子。两人就这样成了夫妻，生下女儿阿格内丝，就是奥斯卡的妈妈。生下奥斯卡时，他其实是一个异胎，出生不久就能够听懂大人讲话，并且已经开始思考自己的前途问题。他看到一只飞蚁扑向电灯，担心电灯会熄灭：世界如果变成漆黑一片怎么办？虽然他很想回到妈妈的肚子里，可是他的脐带已被剪断。他3岁生日时妈妈送给他一个铁皮鼓，从此这个铁皮鼓便成为他的随身物。他为了不参与成年人世界的游戏，自己从地窖的楼梯上摔到地面，从此成了长不高的侏儒（身高

96 厘米）。他虽然外表有点痴呆，口齿也不清，智力却是成年人的三倍。他最厉害的绝技是能够用声音震碎玻璃。1945 年他的父亲去世时，他被同父异母的弟弟（后来交代是他的儿子）用石头击中，从此开始长高到 1.23 米。不过，他的长相却是鸡胸驼背，而原本能够用声音震碎玻璃的本领也没有了。

在病床上的奥斯卡整天敲打着铁皮鼓，一下一下地回忆往事，故事从此展开。由于身材与众不同，奥斯卡总是冷眼旁观，既是一个局外人，同时又是一个现场观察者。小说由奥斯卡以第一人称的叙事角度展开，其后加入作者作为讲故事的人的全知观点。两种视角交互出现，使得整部小说的叙事风格生动活泼。

像电影画面一样，奥斯卡在病床上翻看珍藏的家庭照相簿，看到妈妈许多照片都是跟两个男人的合影，他因而质疑自己的生父是谁，于是索性把那两个男人都视为"可能的"父亲。然后小说叙述了奥斯卡的成长过程与经历——我们知道了他出生地但泽的风土人情和大概历史，以及各种奇闻逸事。而各种故事被置于特定背景之下，让人看到纳粹统治前后但泽小市民的日常生活和政治倾向。格拉斯把奥斯卡描绘成众人皆醉我独醒的智障者，其中的讽刺意味不言而喻，而这对认识德国纳粹的兴衰，有着更深刻的意义。例如说到他的其中一个"可能的"父亲，当纳粹来时他不是马上换上纳粹制服，而是先戴上帽子，静观其变，发觉形势对纳粹有利时，再加一件衬衫，再穿上裤子，然后是长靴。所有这些都是为了他所开设的商店的利益。入了党后他也是小心翼翼，从不强出头，在苏军开进来，走进他家前，他连忙把纳粹党徽章扔掉。奥斯卡在旁边看着，帮他捡回徽章，打开别针，放回到他手中。为了不被苏军看到，他连忙吞下徽章，但想不到奥斯卡把别针打开了，结果他就被别针刺到，这时苏军也发现他是纳粹党，开枪结束了他的性命。从这段情节可以看到，格拉斯通过表现一个普通小资产阶级市民的见风使舵，呈现出纳粹党之所以能够上台，是因为符合和助长了垄断资本者利益的现实。因此《铁皮鼓》被视为德国纳粹时代的照妖镜，并且同时唤醒了人们不敢面对的自己的一些隐藏记忆。事实上，《铁皮鼓》写出了欧洲（主要是德国、波兰、法国、意大利）人在1933年至1954年的艰难历程，和其中需要直面的忏悔意识。它同时显示出作者对现代人的处境，以及他们在历史长河中怎样找寻心灵出路的关心。这部被视为欧洲魔幻现实主义代表作的长篇小说，在1999年瑞典皇家科学院授予格拉斯诺贝尔文学奖时，被赞誉为"以嬉戏中蕴含悲剧色彩的寓言描摹出了人类淡忘的历史面目"。

《铁皮鼓》中有两个重要的意象可以用来诠释小说的意义。奥斯卡外祖母的四条裙子是《铁皮鼓》的读者最难忘的一个意象，那是奥斯卡的故乡但泽，是他的根之所在，格拉斯视之为"最终失去的乡土"。就是因为这四条裙子，她成了奥斯卡的外祖母。另外一个意象就是那个奥斯卡永不离身的铁皮鼓。奥斯卡 3 岁时妈妈给了他一个铁皮鼓，但他从此不再长高，只是到他 21 岁二战结束时，在父亲的坟墓上丢弃了那个铁皮鼓，才又开始生长，但长成了畸形的驼背。战后奥斯卡离开了当时还属于波兰的但泽去联邦德国，遇上了长笛手兼爵士乐单簧管乐手的克勒普，才又重新拿起铁皮鼓，敲击出"伟大的，永不结束的主题：卡舒贝土豆地，天降十月雨，地上坐着我的外祖母，身穿四条裙子"。铁皮鼓最终发出声音是奥斯卡为了拯救波兰邮局保卫战中的近视眼维克托，"亡，没有亡，还没有亡，波兰还没有亡！"通过这段情节，铁皮鼓的象征意义呈现出来了。《铁皮鼓》就像一个舞台，演出的是第一次世界大战结束后三四十年，德国和欧洲如何面对法西斯和纳粹兴起的故事。作者通过奥斯卡这样一个人物，以戏谑的口吻带出那一段荒唐而罪孽深重的历史。在舞台上，奥斯卡集编剧、导演与主人公于一身，然后加上一句旁白："这个世纪的特征是什么？——神秘、野蛮、无聊。"全书多处内容夸张怪诞，作者以魔幻现实主义风格展示的，像是一个个漫画故事，但其中的隐喻和讽刺，使得这部小说成为 20 世纪伟大的名著。奥斯卡的钟爱打鼓，呼应了 1924 年前希特勒在纳粹党内被称作"鼓手"的历史。当他的"可能的"父亲参加纳粹集会时，奥斯卡偷偷尾随。只有96 厘米的他脖子上挂着铁皮鼓躲在演讲台下面，敲击着华尔兹、《老虎吉米》（美国的狐步舞曲）等音乐节奏，把原本庄严前进的纳粹队员鼓动得狂热起来，这种疯狂的场面正暗喻了当年社会对纳粹的狂热和盲从。作为左翼作家，格拉斯把《老虎吉米》放在这里，也影射了战后联邦德国对美国的盲从。

但泽被盟军攻击时一个逃脱者的故事也使得战后一些德国人重新审视自己在纳粹德国的经历——这个波兰邮局保卫战中的近视眼维克托战后在联邦邮局工作，但每到晚上他就东躲西藏，怕被拘捕。最终奉了纳粹元首枪决逃兵命令的两名刽子手找到了他，幸好机警的奥斯卡帮他脱离险境。刽子手表示，由于和平条约尚未签署，因此元首下达的枪决命令依然有效。小说中的这个情节，促使了奥斯卡把那些往事记录下来。那些经历过第三帝国的德国人，看了小说中的情节，像在镜子中看到了自己，不少人深受触动而热泪盈眶，感慨大时代中小人物的悲哀。这正是铁皮鼓的寓意所在。

纳粹党的全名为"民族社会主义德意志工人党"。当时的元首希特勒认为，依照"国家观点"划分国界是冲突的源头，只有以"民族观念和民族原则"划分国界才能建立"和平新格局"。这正是希特勒侵略扩张、建立大德意志帝国的冠冕堂皇的理由。因此，联邦德国在战后对"民族意识""民族责任感"这类词语是十分忌讳的。就是这种罪恶感和忏悔意识，使得今天的德国人坚持接收来自叙利亚的难民。

《铁皮鼓》是一部荒诞剧，其荒诞性是：在一个疯狂的年代中，人们如何被慷慨激昂的言辞和理念鼓舞，从而成为人类悲剧中一个不可逃避的角色。

第八章

南非作家库切：

南非新现实下的耻辱与尊严

作者按：本章小说引文出自 J.M. 库切:《耻》，张冲译，译林出版社，2010。本文以"耻辱"代替"耻"。另：图片来自诺贝尔文学奖官方网站。

大卫·卢里是开普敦大学传播学教授，今年52岁，离了婚过着独身生活。他解决性欲的方法是去召妓。但那个原本是一个好妈妈的索拉维亚被他识穿了身份而不理睬他。

一天，他如同"神灵附体"一般，对他的一个20岁黑人女学生梅兰妮怦然心动，并诱奸了她。J. M. 库切（John Maxwell Coetzee，1940—）描写梅兰妮的态度是半推半就，但抗拒之心是明显的。之后东窗事发，梅兰妮的男友到教室、办公室捣乱，并质问卢里，梅兰妮的父亲也责骂他枉为人师。而校方接到投诉后展开调查，并要求卢里认错、忏悔，否则他可能丢掉教职与退休金。卢里只承认自己犯了错误，但拒绝"忏悔"。结果他丢了饭碗，然后走去女儿的小农场，打算清静一下。一天，正当他与女儿同时在屋子的时候，三个黑人进来抢劫，并轮奸了露茜。

事后，露茜报警时隐瞒了被轮奸一事，后来她怀了孕。卢里劝她离开，她则坚持留下来，并把农地分给她的黑人雇工，以换取他对她的保护。

至于卢里，自从发生轮奸事件后，整个人闷闷不乐。露茜劝他去帮附近专门照顾即将去世的动物的妇人碧芙。在未发生此事时，卢里已经在那里帮过点忙，当时他奇怪那些动物即将死亡了，还照顾它们干什么。他自经历了这次暴行后，对碧芙的做法有了不同的体会。他甚至干得很投入。照顾濒死的动物终于让他明白，人要做点有意义的事，才算活着。

关于《耻辱》的主题，我们先从书名说起。《耻辱》（Disgrace）这个词已经把整本小说的重心点了出来。但这个"耻辱"（disgrace），发生在谁人身上呢？是作者自己呢？是主人公呢？还是哪些人？

英文 disgrace 作为名词，可解作：不名誉、耻辱；失宠、罢黜、贬斥；招致耻辱的原因与事物等。作为动词，有玷辱、解职等意。事实上，所有的耻辱都从卢里身上展开。

那个索拉维亚不理他，是因为他识破了她的身份，并打电话到她家里。这对索拉维亚来说，是一种羞辱，而这种羞辱比接客更大。

对女学生来说，那是一种被玷污的耻辱。当卢里第一次爬在她身上时，她别过头去不看他，并像是没有反抗的强奸一样，由他发泄。

对卢里的女儿露茜来说，被轮奸虽然是一种耻辱，但那是一种赎罪式的耻辱。她感到那三个黑人充满了愤怒，而她知道那种愤怒的来源——反抗侵略者的愤怒，是白人在非洲的沉重的罪恶感使她产生耻辱，因为她和父亲都是白人。

还有卢里自己的耻辱。那是索拉维亚、女学生以及他的女儿带给他的耻辱。即使他去帮碧芙打理濒死动物收容所时，他也觉得这是他的耻辱。

在所有的耻辱中，全书要说的主要是"露茜之耻辱"。这也是小说中最重要和最复杂的内容。与梅兰妮被诱奸不同，露茜是被"轮奸"的，而施暴者是新南非现实下的黑人——黑白肤色的种族关系、前殖民统治者与新南非的"主人"，使整个故事的"语境"变得复杂起来。那已经不仅是"肉体"的羞辱，并且指向政治、历史、种族、仇恨与报复。露茜被强暴有女性受辱之耻辱，这是易于理解的，但由于"政治""种族"与"历史"的进入，就使"肉体"的被侵犯具有了强烈的象征色彩。它是历史——白人殖民者强暴了南非的土地，也强暴了黑人女子——的反讽，在故事中黑人成为土地的主人，黑人强暴了白人女子。历史的"报复"与种族的"仇恨"在施暴者施暴的过程中获得发泄。"受辱者"露茜以痛楚的身与心强烈感受到："那完全是在泄私愤……那时候带着那么多的私愤。那才是最让我震惊的……可他们为什么那么恨我？我可连见都没见过他们。"而受辱者的父亲卢里是清醒的："他们的行为有历史原因……一段充满错误的历史……这事看起来是私怨，可实际上并不是。那都是先辈传下来的。"库切以小说点出了历史的"报复"与种族的"仇恨"的必然性结果。他以理性的态度叙述这个"故事"，并给予它逻辑性和必然性，其中隐含着这样一种观点，即在南非的历史中，白人对黑人的歧视与肆虐造成的后遗症，由今天在南非的白人来承受，或者偿还。但作者同时通过小说点出，黑人对白人的仇视与施暴本身也是"耻辱"的延伸。

因此，当父亲卢里要露茜离开南非去荷兰时，她选择"留在这里"，面对"承受耻辱"的后果。她父亲与她刚好相反，卢里被揭发诱奸女学生后，没有留下来承受或偿还耻辱，而是选择逃离大学。而露茜不但留下来，并且不举报被轮奸一事。她也不选择报复，甚至与黑人佩特鲁斯结婚，把土地转卖给他，当他的佃户——她甘愿代"历史"受罚，正视历史与现实带给她的耻辱。

正如仵从巨在《历史与历史中的个人：库切的魅力与"耻辱"的主题》（《名作欣赏》，2004年07期）一文中指出的，"露茜之耻辱"揭示了一个深刻而严酷的事实：历史无法割断，历史中的个人无法逃脱历史。在露茜身上，历史的逻辑在今天成了她的耻辱，她"必须"因殖民者的"父辈"之罪恶而蒙羞："他们觉得自己是讨债的，收税的。如果我不付出，为什么要让我在这里生活？""也许这就是我该学着接受的东西。从起点开始。从一无所有开始。真正的一无所有。一无所有，没有汽车，没有武器，没有房产，没有权利，没有尊严。像一条狗一样。"这正是当年白人殖民者对待黑人的情形。同样，施暴的三个黑人也同样受困于历史的逻辑，"以其人之道还治其人之身"。不过，即使在"历史的逻辑"下，他们同样活在历史的耻辱之中。至于卢里，他仍然深藏于心的白人成见与优越感，使他在面对残酷和"天网恢恢"的现实时，仍然受困于白人书写的历史观，使他不能像女儿一样，感受到耻辱袭来的逻辑必然性。

在库切笔下，这种耻辱被描绘成新南非现实的命运。作为一种象征与寓言，他在小说结尾处让卢里放弃了出于同情与怜悯想让一只年轻的、喜欢音乐的狗再活几天的念头："碧芙说道，'你不留他了？''对，不留他了。'"库切在小说中是用了人化的"他"而不是用动物化的"它"——病狗最终是要被处死的，这是狗之命运，几天的苟活对它并无实质性的意义，就像人不能躲避历史的命运一样。整个故事使人想到中国哲学家老子的话："天地不仁，以万物为刍狗。"

《耻辱》同时又是一部关于"尊严"（dignity）的小说。人只有在觉得尊严丧失时，才会体会到耻辱的感觉。索拉维亚即使是妓女，也有做母亲的尊严，当嫖客卢里说看见她作为一个母亲出现时，她的尊严受到了侵犯。梅兰妮即使被老师诱奸，但她作为女性，也有不容侵犯的权利，所以在卢里跟她性交时她别过头去，不正面看他。卢里觉得自己作为大学教授的尊严不复存在，所以只有离开大学。他们都不能面对耻辱。而全书的灵魂人物露茜则不同，她能够面对耻辱，所以她可以有尊严地生活下去。到小说的最后，当卢里向梅兰妮的父亲谢罪时，他就跟她的女儿一样，能够直面耻辱了。因为他和女儿一样，都知道所有发生在自己身上的耻辱，都是有其因果的。同时他也觉悟到，没有什么比有尊严地活下去更重要——即使是一条狗，也要有尊严地活着，有尊严地死去。

在《耻辱》中，我们看到新南非并没有从旧南非的阴影中走出来，历史的逻辑在现实中发挥作用。黑人的血被置换成白人的血，殖民历史造成了向殖民者报复的现实。库切认为"历史与历史中的个人"都活在历史的逻辑当中，这种观点使他不固囿于民族主义的框框，而能够从历史的偶然性和必然性中，找出殖民者与被殖民者之间的历史脉络。

第九章

法国作家帕特里克·莫迪亚诺:

从回忆中搜寻生存意义

作者按：本章小说引文出自帕特里克·莫迪亚诺：《青春咖啡馆》，金龙格译，人民文学出版社，2010。以及帕特里克·莫迪亚诺：《夜半撞车》，谭立德译，人民文学出版社，2005。另：图片来自诺贝尔文学奖官方网站。

2014 年的诺贝尔文学奖颁给了法国作家莫迪亚诺（Patrick Modiano，1945—），欧洲文学界大都认为实至名归。（英美文坛却并不熟悉他，因为之前他的代表作都没有英译本。）他获奖之前，我看过他的中译本《青春咖啡馆》和《暗店街》，之后又看了《夜半撞车》，发觉他写作的主题方向颇为一致，主要是追忆往事。而他的这个方向，让他获得了诺贝尔文学奖。诺贝尔文学奖评奖委员会赞扬莫迪亚诺："以回忆的艺术探寻人们难以捉摸的命运，并展现了占领时期的人生百态。"

莫迪亚诺获得诺贝尔文学奖之前，在法国已是著名作家，并且深受读者喜爱。他于 1968 年出版其处女作《星形广场》，得到了文学界的好评和赞誉。其后出版的《环城大道》（1972）和《暗店街》（1978）分别获得了法兰西学院小说奖和龚古尔奖，而他自己也于 1996 年获得法国国家文学奖。

前面说过，莫迪亚诺的作品主要是追忆往事，这几乎是通往他所有作品的一条线索。他通常通过小说主人公的寻找、回忆和探索，探寻过去岁月的变化，并以一种缅怀和伤感的语调述说往事。通过这种对"消逝"的过去的描写，以及他赋予其中的一些象征意义，读者得以进入叙事者的情绪并产生认同感，同时揭示其意义。以 2004 年出版的被法国《读书》杂志评为当年最佳图书的《青春咖啡馆》为例，我们可以看到，莫迪亚诺怎样通过不同叙事者述说一个关于寻找的故事，同时让读者把过去与现在联结起来，使其产生一种缅怀生活的惆怅情绪。

《青春咖啡馆》用了四个不同的角色来叙事。叙事中心是找寻一个名叫露姬的22岁女子。根据叙事者的描述，这个女子像银幕上的女影星一样美丽。故事围绕她的失踪展开，四名叙事者以第一人称介绍露姬的人生经历。这四个人分别是大学生、私家侦探、露姬自己和她的情人罗兰。从各人的叙事中（其间加入了许多调查与回忆）我们知道，露姬的童年生活缺少父爱，婚姻生活不美满，在一次离家出走之后，与同性恋情人罗兰同居。童年缺乏父爱使她患有恋父情结，而生活带给她的伤害使她染上毒瘾。最后，她以跳楼自杀告终。

四个人的叙事虽然有不同的角度，但合起来则是描写了一个法国问题少女的生活形态。通过叙事者的回忆、调查和追寻，莫迪亚诺展现了一个问题少女生活中的惶惑、焦虑与寂寞，同时又展现了她这样一个弱女子不得不向现实低头，追寻自己的生活，到最终放弃生命的悲剧。作者在书中安排了这样一句问话："您找到了您的幸福吗？"为全书画龙点睛。莫迪亚诺似乎想告诉读者，人生无常，幸福不是必然的。

回忆使我们审视自己的过去，追寻使我们发掘过去所忽视的人和事，调查使我们发现一些隐藏很久的真相。莫迪亚诺就是以这样的叙事策略让读者一步步接近故事的核心，然后由读者自己组织出整个事件的来龙去脉，从而发现小说中的象征意义。

《青春咖啡馆》正如莫迪亚诺的其他小说一样，除了有一些自传色彩，还常常借用生活中看到的一些细节，以丰富小说的真实感。这部小说篇幅不长，分六章，以四个叙事者为第一人称交代露姬的故事。四个人的叙述情节有相同之处，但细节上则因为叙事角度的不同而互相补足。读者要将四个故事进行合并，才能得出对露姬的整体印象。

莫迪亚诺在诺贝尔奖颁奖礼上的演说，正好解释了他小说的内涵。他说：

　　　和其他出生于1945年的人一样，我是战争的孩子，更准确地说，我出生在巴黎，我的生命归功于被占领时期的巴黎。当时生活在巴黎的人想尽快忘记那段岁月，或者只要记得日常的细节，那些展现了他们所幻想的与和平岁月并无差异的生活点滴。后来，当他们的孩子问起当年的历史，他们的回答也是闪烁其词。要不然，他们就避而不答，好像希望能把那段黑暗的时光从记忆中抹去，还有就是隐瞒一些事情，不让孩子知道。可是面对我们父母的沉默我们明白了一切，仿佛我们自己也亲历过。

　　　被占时期的巴黎是一座古怪的地方。表面上，生活

"像之前一样"继续——戏院、电影院、音乐厅和餐馆依旧营业。收音机里还放着音乐。去看戏、看电影的人比战前还多，好像那些地方就是能让人们聚在一起避难，靠在一起彼此安慰。可是，离奇的细枝末节都在说明巴黎已不是昨日的模样。鲜少的汽车、宁静的街道……都在表明这是一个寂静之城——纳粹占领者常说的"盲城"。

就在这样噩梦般的巴黎，人们会在一些之前从不经过的道路上相遇，昙花一现的爱情从中萌生，明天能否再见也是未知。而后，这些短暂的相遇和偶然的邂逅也有了结果——新生命降临。这就是为何对我而言，巴黎带着原初的黑暗。如果没有那些，我根本不会来到这个世界。那个巴黎一直缠绕着我，我的作品也时常浸润／沐浴在那朦胧的光中。

随着时间流逝，城市里的每个街区、每个街道都能引发在这里出生或成长的人的一段回忆、一次碰面、一点遗憾或是一点幸福。一条同样的街道串联起一段回忆，这地方几乎构成了你的全部生活，故事在这里逐层展开。那些千千万万生活在这里的、路过的人们也都有着各自的生活和回忆。

这也是为什么在我年轻的时候，为了帮助自己写作，我试着去找那些老巴黎的电话本，尤其是那些按照街道、门牌号排列条目的电话本。每当我翻阅这些书页，我都觉得自己在通过 X 光审视这座城，它就像一座在水下的亚特兰蒂斯城，通过时间一点点呼吸着。我要做的就是在这千千万万的名字里，用铅笔画出某些陌生人的名字、地址和电话号码，想象他们的生活是怎么样的。[1]

这种关怀普通人命运的态度，也可见于他的另一篇小说《夜半撞车》中。故事开头是这样的：

在我即将步入成年那遥远的日子里，一天深夜，我穿过方尖碑广场，向协和广场走去，这时，一辆轿车突然从黑暗中冒了出来。起先，我以为它只是与我擦身而过，而后，我感觉从踝骨到膝盖有一阵剧烈的疼痛。我跌倒在人行道上。不过，我还是能够重新站起身来。在一阵玻璃的碎裂声中，这辆轿车已经一个急拐弯，撞在广场拱廊的一根柱子上。车门打开了，一名女子摇摇晃晃地走了出来。拱廊下，站在大饭店门口的一个人把我们带进大厅。在他打电话给服务台时，我与那位女子坐在一张红皮长沙发上等候。她面颊凹陷部分，还有颧骨和前额都受了伤，鲜血淋淋。一位棕色头发理得很短、

---

[1] 该引文译自莫迪亚诺诺贝尔文学奖得奖演说辞。https://www.nobelprize.org/prizes/literature/2014/ceremony-speech/.

体格结实的男子走进大厅，朝我们这儿走来。

故事开头是叙事者 30 多年后的回忆。上面提到的女子名叫雅克琳娜·博塞尔让，开着一辆湖绿色的"菲亚特"轿车撞倒了故事叙事者。两人被送往医院后，曾在病房中交谈，等他服药后醒来时，那名女子已不见踪影，却给他留下了一笔钱。之后，他便一直寻找这名女子，而在寻找过程中，各个时期的回忆不断涌现，让他经历了一遍审视自己半生的历程——他的童年和青少年生活、他与父亲的关系、他的爱情，以及他所遇到的一些人和事互相串联起来的关系等等。他将手上一个不完整的地址和那女子的名字，加上 辆湖绿色的"菲亚特"（快意）轿车作为线索，开始了寻找和调查的工作。而在这个过程中，他不断回忆起一些儿时和青年时期的片段，重新思索了自己过去的生活。最后，他终于找到了雅克琳娜·博塞尔让，一切复归平静。

重遇那个女子是撞车后几个星期的事，也是小说的最后部分：

> 和那天夜里一样，我取道威纳兹街。这条街总是半明半暗。也许那儿停电了。我看见酒吧或餐馆的招牌闪闪发亮，但是光线是如此微弱，人们难以看清那一堆车身的阴影，它正好停在这条街拐角前面。当我到了那里

的时候，我内心不禁一阵激动。我认出了这辆湖绿色的"菲亚特"。的确，这并不是什么意外，因为，对于找到它，我从来就没有灰心过。必须要有耐心，就是这样，而我觉得自己有着极大的耐心。无论下雨或是下雪，我都准备在街头久久地等候着。

缓冲器和其中一块挡泥板已经损坏。在巴黎，当然有许多湖绿色的"菲亚特"，但是，这一辆明显带有事故的痕迹。我从上衣口袋里拿出我的护照，索里耶尔让我签名的那张纸折叠好了正放在里面。是的，是一样的车牌号。

我仔细察看车的内部。后排座位上有一只旅行袋。我可以在挡风玻璃和刮水器之间留一张便条，写明我的姓名和"弗雷米埃"旅馆的地址。但是，我想要立刻弄个明白，做到心里有数。车恰好停在餐馆前。于是，我推开浅色的木门，走了进去。

亮光从酒吧台后的一盏壁灯洒下，使得两边沿墙摆放的几张桌子置于昏暗中。然而，我却在我的记忆中清楚地看到了这些墙壁，上面张挂着红色天鹅绒帷幔，帷幔已十分陈旧，甚至好几处已被撕裂，仿佛很久以前，这个地方曾经有过富丽堂皇的全盛时期，不过，没有人再来到这里。除了我。当时，我还以为我是在歇业以后进去的。一名女子坐在酒吧台那儿，她身穿一件深棕色的大衣。一位身材和脸庞都像赛马骑师的年轻人正在清理桌子。他盯着我，问道：

"您要点什么？"

说来话长。我向酒吧台走去，我没有去坐在高脚圆凳上，而在她身后停住了脚步。我把手放在她的肩上，她吓了一跳，回过头来。她眼神惊讶地盯视我。一道长长的伤痕在她前额划过，正是在眉毛上面。

"您是雅克琳娜·博塞尔让吗？"

我对自己竟然用这样冷冰冰的声音提这个问题而感到惊奇，我甚至觉得，是另一个人在替我说话。她默默地打量我。然后，她垂下眼睛，目光停留在我那羊皮衬里上衣上的污迹，然后，再往下看，落在我那露出绷带的鞋子上。

"我们已经在方尖碑广场那儿见过面……"

我觉得我的声音变得更加清晰，更加冷漠。我一直站在她的身后。

"是的……是的……我记得很清楚……方尖碑广场……"

她眼睛一直盯住我，并冲着我微笑，是带有一点讽刺性的微笑，同那天夜里——我觉得——在囚车里的笑容一模一样。

而结尾则是一个未知的故事的展开，同时也是一个已知的结局：

我记得我们在水族馆附近公园里的小径漫步。我需要呼吸户外的空气。平时，我生活在一种压抑得如窒息的状态中——或更确切地说，我已经习惯于小口小口地呼吸，好像必须节约氧气。尤其是，当您害怕气闷的时候，不能听凭自己惊慌失措。不，要继续有规律地一小口一小口呼吸，等着别人来给您除去这一挤压您肺部的紧身衣，或者，等待这种恐惧感渐渐地自行烟消云散。

但是，很久以来，自福松波罗那林区那一段我已经遗忘的生活以来，这天夜晚，在公园里，我才第一次深深地呼吸。

我们到了水族馆门前。在微弱的光线下，这座建筑物依稀可见。我问她是否参观过水族馆。从来没有。

"那么，这一两天我带您去那儿……"

制订计划是令人鼓舞的。她挽着我的胳膊，我则想象，在黑暗和寂静中，玻璃板后面的这些色彩斑斓的鱼儿就在我们身旁游弋。我的腿在疼痛，我略微有些瘸。然而，她也一样，她的前额有划破的伤痕。我问自己，我们将走向怎样的未来。我感到，在别的时候，我们早已在同样的钟点，在同样的地方，一起行走。沿着这些小径，我不大清楚自己究竟身在何处。我们几乎走到那山丘顶了。在我们上方，是夏约宫黑幽幽的大片侧翼建筑之一。或不如说是昂伽迪纳冬季体育运动场的一家大饭店。我从来没有呼吸到如此寒冷，而又如此宜人的空气。它以如丝般柔和的清凉渗入人的心肺。是的，我们想必是在山上，在高海拔处。

"您不冷吗？"她对我说，"我们也许可以回去了……"

她把翻起的大衣领子裹紧。回到哪里？我踌躇俄顷。是啊，去位于那条南下直到塞纳河的大街边上的房子。我问她是否打算在那儿久住。将近一个月。

"那么，莫拉乌斯基呢？"

"哦……整个这段时间，他都不在巴黎……"

我又一次觉得，我对这个名字很熟悉。我曾听见我父亲口中说出这个名字吗？我想起，一天，从"帕蓝"旅馆给我打电话的那个家伙，他的声音由于杂音的缘故而听不清楚。居伊·鲁索特。他跟我说，我们和您的父亲合开一家事务所。鲁索特。莫拉乌斯基。看来，他也有一个事务所。他们都有事务所。

我问她，平时，她和这个叫做索里耶尔的莫拉乌斯基一起能做些什么。

"我希望知道得更多些。我认为您对我隐瞒了些东西。"

她默默不语。然后，她突然对我说道：

"才不呢，我什么也没有隐瞒……生活比你想的要简单得多……"

她第一次用"你"称呼我。她抓紧我的胳膊，我们沿着水族馆往前走。空气呼吸起来始终还是又冷又清爽。穿过大街前，我在人行道边上停住脚步。我出神地看着大楼前的那辆车。那天晚上，我独自一人来到这里时，我觉得这座大楼渺无人烟，这条大街阒无一人，好像没有人再走过这里。

她又一次告诉我，那儿有一个大阳台，能看见巴黎全景。电梯缓缓上升。她的手搭在我的肩上，她在我耳旁低声说了一句话。定时亮灭灯开关已关闭，在我们的头上，只剩下小长明灯的灯光在闪烁。

为什么说是一个已知的结局呢？因为这是30多年后的一个回忆片段，如果他们后来有再见面，故事就不会这样写。莫迪亚诺在诺贝尔文学奖获奖演讲词中也说过，这种邂逅故事，在那个时代是那样的不确定。

莫迪亚诺在演讲词中引述了诗人托马斯·德·昆西年轻的时候发生过的一件事，这件事让他终生难忘。

在伦敦拥挤的牛津街上，他和一个女孩成了朋友，就像所有城市中的邂逅一样。他陪伴了她几天，直至他要离开伦敦。他们约定一周以后，她会每晚同一时间都在大提茨菲尔街的街角等他。但是他们自此就再也没见过彼此。"如果她活着，我们一定都会寻找彼此，在同一时间，找遍伦敦的所有角落；或许我们就相隔几步，但是这不宽过伦敦街道宽的咫尺之遥却让我们永生没再相见。"[1]

这个故事也可作为《夜半撞车》的注脚。

---

[1] 该引文译自莫迪亚诺诺贝尔文学奖得奖演说辞。https://www.nobelprize.org/prizes/literature/2014/ceremony-speech/.

第十章

英国作家多丽丝 · 莱辛：

一个写小说的人在写一个写小说的人在写小说

作者按：本章小说引文出自多丽丝·莱辛:《金色笔记》，陈才宇、刘新民译，译林出版社，2000。另：图片来自诺贝尔文学奖官方网站。

在学校教小说创作时，我不时强调，到了 21 世纪的今天，基本上没有什么小说创作形式是没被尝试过的。由传统的自然主义和现实主义、现代主义到意识流、新小说，再到后现代主义的后设小说／元小说（metafiction），我们能想到的小说形式，都曾经出现过。当然，那些小说家每一次新的尝试，都会受到文坛的重视和谈论，像福楼拜的心理刻画和内心独白，乔伊斯和伍尔夫的意识流，罗布－格里耶（Alain Robbe-Grillet，1922—2008）的新小说，及约翰·巴斯（John Barth，1930—）和多丽丝·莱辛（Doris Lessing，1919—2013）的后设小说等等——当然还有各种实验性强的作品，但名气没有前面几位大家大。

一些不断尝试新形式的小说家，有时会被批评为形式主义者，被认为太注重形式而掩盖了空无一物的内容。尤其在左翼现实主义当道的年代，形式先行的作家更会被视为不关心社会、漠视民生疾苦的逃兵。因此，人们对 20 世纪前半叶的西方小说创作争论最多。层出不穷的新创作手法的引入，在令人目不暇接之余，也冲击了传统的现实主义创作技巧，更导致了资本主义和社会主义两大阵营的现实主义与现代主义之争。到了今天，不少论争已成明日黄花，但其中所讨论的一些本质问题，仍然值得重视。笔者无意对现实主义与现代主义孰优孰劣的问题进行长篇大论，但是，通过这次介绍的诺贝尔文学奖得奖作家多丽丝·莱辛（Doris Lessing，1919—2013）及其著名作品《金色笔记》，我们也许可以得到一点启发。

在笔者眼中，20世纪的小说家中，多丽丝·莱辛与福克纳、伍尔夫、加西亚·马尔克斯等人，都处于小说创作的顶峰。莱辛凭着《金色笔记》（*The Golden Notebook*，1962）于2007年获得诺贝尔文学奖，比其余几位都晚。瑞典文学院在颁奖词中赞扬莱辛是"女性经验的史诗作者，以其怀疑的态度、激情和远见，对一个分裂的文明做了详尽细致的考察"。而诺贝尔文学奖颁奖词中，更称《金色笔记》为"一部先锋作品，是20世纪审视男女关系的巅峰之作"。《金色笔记》主要以一个"自由女性"的故事为核心，中间穿插作者（叙事者）的四本笔记：黑色笔记、红色笔记、黄色笔记、蓝色笔记，并由这四本笔记衍生出最后的《金色笔记》。故事中的四本笔记，其实是主人公安娜在演绎不同的自我。她把自己的思想、意识、回忆、思绪和感觉等，以颜色分类的方式记录了下来。"自由女性"是作家安娜的手稿，但在整部小说结构中被切割成五部分，中间插入了五个以颜色区分作家心情和思想的笔记。

莱辛以日记、信、书评等文体穿行于五本笔记中间。已离婚的安娜年过三十，正独力抚养女儿。她的第一部小说虽然获得成功，但却害她得了"写作障碍症"，很难构思出新作品。莱辛就以她的"写作障碍症"发端，描写她的困境：友情、事业、爱情方面。在写作困境下，安娜开始写日记，记下能够引发她写作灵感的人和事。她把日记分成四个颜色，代表她的四种心情。蓝色笔记记录她的日常生活，红色笔记主要记述她关于政治的思考和有关她参与政治运动时遇到的人和事，黑色笔记则记述她回忆从前在非洲的生活以及其后成为作家的生活片段，黄色笔记主要是一些由新闻和杂志取材的原始数据和构思中的故事内容。四本笔记占了全书四分之三的篇幅，并建构了《金色笔记》这部小说的复杂结构（参看下列目录）。

莱辛的这种处理手法颠覆了传统小说的叙事模式。"自由女性"以第三人称叙事，主人公则是一名女作家安娜·沃尔夫，她是五本笔记的作者，笔记的叙事者则是"我"——安娜。"金色笔记"在最后黄色、蓝色两本笔记之间出现，但在"自由女性"最后一部分之前。这样的小说结构，不但在 20 世纪 60 年代前所未有，今天也不多见。这种打乱传统叙事模式，以进行式发展拼贴起来的结构，正是后来被称为"后设小说"的写作风格。因此，结构在小说中便有了突出的意义，甚至能够驾驭内容。

如果把小说重新整理，以线性叙事方式重新讲述这个故事，应该是这样的:《金色笔记》的故事发生在 20 世纪 50 年代，女主人公安娜 30 余岁，由当时是英国殖民地的非洲罗德西亚（即今"津巴布韦"）移居英国。她在非洲的第一段婚姻以离异结束，其后带着女儿跑到伦敦。在英国，她写的书《战争边缘》成了畅销书，这让她可以维持母女两人的生活，并且有了一个亲密的男朋友。可是，她与这个已婚男人在维持 5 年的亲密关系之后分手，这对她打击很大，甚至使她的精神状态处于崩溃的边缘。爱情创伤使她陷入写作障碍的困境，她积极参加一些左翼文艺团体的活动来修补创伤，后来加入了英国共产党（最后因失望而退党）。一次偶然的机会，她认识了美国作家索尔·格林（Saul Green），并因而获得了一种她认为最使她舒服的爱情关系——灵和欲的真正沟通。她也从此克服

112

了写作障碍，写出了《金色笔记》。

可想而知，《金色笔记》是一部关于"正在写作的小说"的小说。这种叙事方式在20世纪小说创作中是开创性的。莱辛运用了拼贴、电影蒙太奇、记忆闪回等后现代叙事手法，处理的是一个在精神分裂边缘的女作家的故事。她在给出版商的一封信中说，《金色笔记》是"一次突破形式的尝试，一次突破某些意识观念并予以超越的尝试"。小说在出版后，无论形式还是内容都引起了很大的议论。关于形式，有人批评它难以读完，但也有批评家认为这是莱辛的巅峰之作。内容方面，有人说这是一本关于女性主义的书，也有人说这是作者的半自传体小说。关于最后一点，莱辛在1964年的一次采访中表示："我对有关《金色笔记》的评论很恼火。他们都把它当作一部描写个人生活的小说——但这仅仅是小说的一部分。这是一部结构高度严谨、布局非常认真的小说。本书的关键就在于各部分之间的关系，而他们偏要把它说成是'多丽丝·莱辛的忏悔录'。"

关于《金色笔记》是否有作家自己的影子，莱辛固然是最权威的解释者，但小说中安娜的一些经历，比如她加入共产党等，很难不会令人想到莱辛把自己的一些个人经验写进了小说。根据莱辛后来写的自传《影中漫步》，可知安娜的生活正是她所经历过的，虽然二者在细节上有不同之处，但整体上说，从小说中的爱情和政治经历来看，那是莱辛无疑。虽然莱辛说这仅仅是小说的一部分，但这种个人生活经验，正好是对《金色笔记》十分有用的背景资料。莱辛出生于一个英国殖民官员家庭，幼年随父母迁居非洲英属殖民地罗德西亚。莱辛的母亲执着于将她培养成一个有教养的淑女，把她送进了女子教会学校。这种教会学校的修女以辱骂和恐吓方式来教育她，使她幼小的心灵从小蒙上了难以磨灭的阴影。她13岁时因眼疾辍学，此后自学成才。15岁时，她当了寄宿保姆。雇主家中的一些政治、社会学书引起了她的阅读兴趣，然后她开始写作。她16岁之后的工作包括电话接线员、保姆、速记员等。她曾把这段时期描写为"地狱般孤独"。

1939年她19岁，与法兰克·韦斯顿（Frank Wisdom）结婚，并生下两名子女，但几年后，她离家出走。第二次世界大战期间，她成了一个左翼读书俱乐部的成员，认识了后来成为她第二任丈夫的德国难民戈特弗里德·莱辛。他在1949年再度离婚，但仍随前夫姓。同年，莱辛带着幼子移居英国，期望行李中的小说手稿《青草在歌唱》能获得出版社青睐，结果如她所愿，小说终获出版（1950）并一举成名，而她也成了新晋小说家。《青草在歌唱》以黑人男仆杀死白人女主妇的谋杀案故事为中心，揭露了英国殖民下的非洲尖锐对立的种族关系。《青草在歌唱》预示了莱辛对反殖民运动的关心，移居伦敦后，她不但投身反殖民运动，而且积极参与左翼组织的政治活动，其后更加入了英国共产党。

前面提到,《金色笔记》是一部关于"正在写作的小说"的小说。对现实世界中写这部小说的莱辛来说,这是一个写故事的循环结构:写小说的人在写一个写小说的人在写小说。在小说家莱辛写的小说《金色笔记》中,小说家安娜在写一部叫作《自由女性》的小说,安娜在把写小说过程中的思考和回忆写进五本笔记中。蓝色笔记记录了安娜在寻找灵感过程中的所思所感,同时作家莱辛也通过写笔记的故事结构呈现了安娜的生活历程,从而展示了作家安娜同时也是莱辛的生活经历。小说中,安娜在濒临精神崩溃的边缘时,以写笔记的方式记录了幻觉与现实,而莱辛则以安娜这个虚构人物呈现了在现实中曾经出现过的自己,例如从信仰社会主义到其后的怀疑,曾经借助心理分析解开心中的枷锁,以及经历了被背叛的爱情关系等。这种作家和小说人物重叠的镜像关系,使小说变得立体起来。《金色笔记》开头的一句话是"两个女人单独待在伦敦的一套住宅里",同时也是安娜写的《自由女性》开头的句子。小说家莱辛既模糊了现实与虚构的存在,又向读者说明,他／她们在看一本作家莱辛写的关于安娜写小说过程的小说,而这部《金色笔记》正是一部关于"正在写作的小说"的小说。

小说中的安娜有精神分裂症状,这样就使得小说家莱辛得以利用时空错乱的零碎片段来表现小说写作者安娜的思维模式。在黑色和蓝色两本笔记中,我们看到了安娜极其零乱的思绪,她记下来的时间和空间是没有逻辑的,但看完整本小说后，却又觉得这是理所当然的处理，因为作者莱辛借助这种跨时空的叙事达成了对安娜的治疗。莱辛使四本笔记形成立方形的结构，既建构了小说中的金色笔记部分，又建构了《金色笔记》这部小说。

莱辛在1972年版的"前言"中，曾经这样提到《金色笔记》的创作动机：在英国，人们很难找到一部像托尔斯泰的《安娜·卡列尼娜》、司汤达的《红与黑》那样全面描写"时代精神和道德气候"的作品，鉴于此，她有意要向这些艺术大师学习，为英国文学弥补这一缺憾。而《金色笔记》就是为弥补这一缺憾而写的。

现在，我们回到小说中的核心故事"自由女性"。莱辛在这部分以传统叙事手法描述两个女人的故事，即主人公安娜和摩莉。她们都是离异后带着孩子的独身女子。两个女人可说是莱辛的一体两面，她们都以独立自主而自豪，然而，一个偏重于感性，而另一个则偏重于理性。莱辛借她们的故事道出了20世纪50年代女性之不易，因而也被视为女性主义的先驱。有评论家称她是"原始形态中的女权主义自我意识的先驱"。固然，"自由女性"中讲出了职业妇女与家庭妇女皆不易，因为男人可说是帮不上忙的。然而，莱辛自己则强调，她只是反映了女性生存的真实境况。她自己是女性主义的悲观论者。

前面提到，莱辛这本小说引起的对小说创作形式与内容的争论颇富启发性，因为她向我们示范了：使用一种十分复杂的形式，同样可以展现时代风貌和各种意识形态斗争。《金色笔记》讲的虽然是一个作家的心路历程和作为女性作者个人的爱情经验，但其中涉及的女性对家庭与事业之间的抉择，以及对社会公平正义的思考等，即使到今天同样具有现实意义。

第十一章

加拿大作家门罗：

以现实主义手法描绘人生的无奈与无常

作者按：本章小说引文出自艾丽丝·门罗:《逃离》，李文俊译，北京十月文艺出版社，2009。另：图片来自诺贝尔文学奖官方网站。

记得偶然看过一部电影《柳暗花明》(*Away from Her*),由朱莉·克里斯蒂主演,讲的是一对夫妇如何面对老年痴呆症。患了老年痴呆症的是朱莉饰演的老太太菲奥娜。格兰特和菲奥娜是结婚 45 年的夫妻,电影开场时菲奥娜正出现记忆力衰退的迹象,当格兰特发觉情况越来越严重后,终于把她送去了疗养院。经过 30 天不能探访的期限后,格兰特去疗养院看望菲奥娜时,发觉她已认不出他来,只是把他视为一般来探望的朋友。格兰特在旁边看着,十分伤感,他发现菲奥娜跟一个男院友奥布里十分亲昵。原来,由于记忆逐渐丧失,她在疗养院期间把那个男院友当作自己的伴侣,常常陪伴其左右,也十分关心他。格兰特来看她时,她只是觉得这个人是一般的朋友,渐渐连他是谁也记不起来了。看到妻子这个样子,格兰特十分难受,但他明白妻子是病人,也无可奈何,只能眼睁睁在旁边看着妻子和奥布里像夫妻一般恩爱。

虽然妻子不认得自己,但格兰特还是经常来看她。他发现患病的太太在疗养院过得很开心,奥布里也是老年痴呆,他的妻子玛丽安因为要到外地去一段时间,暂时把他寄托在疗养院。不久之后,玛丽安就把他领回家去了,这时候菲奥娜显得情绪低落,而且对什么都毫无兴趣。

格兰特看在眼里，心里也很难受。但奈何妻子已认不得自己，而且把奥布里当作丈夫。不过，疗养院的护士告诉格兰特，这个情况会好转起来的，过不了多久她就会忘记奥布里。然而，格兰特感觉到妻子那种失落的情绪，十分不忍。最后，他终于找到奥布里的妻子玛丽安，把情况告诉了她，目的是希望她继续让奥布里住在疗养院。但玛丽安因为经济问题拒绝了。然而，格兰特看出玛丽安生活寂寞苦闷，而且有性需求。于是格兰特和她好了起来，并且决定住进玛丽安的家里，让玛丽安把奥布里送回疗养院。然而，这个时候菲奥娜已经记不起奥布里这个人，相反，她认出了自己的丈夫格兰特。而电影就在这里完结。

这个电影令我印象深刻，后来知道，那是由 2013 年诺贝尔文学奖得主艾丽丝·门罗（Alice Munro，1931—）的小说改编而成的。电影拍摄于 2006 年，基本忠于原著，只是删去了原著中一小段对格兰特和菲奥娜年轻时从相爱至结婚的过程的描写，也没有描述格兰特在婚姻关系中多次对菲奥娜不忠。故事情节简单，但看后令人惆怅。电影呈现的那种人生的无奈感令人低回不已。

小说原名《翻山过来的熊》（*The Bear Came Over the Mountain*），是一首童谣的名字。意思是对一头熊来说，无论是山那头还是山这头，两边的风景都一样。门罗把这首童谣作为小说的名字，是因为对患老年痴呆症的病人来说，山的这边和那边都是一样的。格兰特以为菲奥娜忘记了他，其实菲奥娜只是不知道自己曾经去过山的另一边。她看到的奥布里和格兰特其实都一样，都是一个伴侣。

电影很能够把握门罗的小说中对人性的描绘。门罗曾经借一个小说人物说："人的生活……沉闷、简单、神奇，并且难以捉摸、深不可测——就如厨房里铺着油毡布的地板下面那个孔洞。"

门罗的小说有一种魅力，让人感受到人生的无常和生活的无奈。瑞典学院诺贝尔文学奖委员会称她为"当代短篇小说大师"，并称赞她精致的讲故事技巧和心理现实主义的写作特色。门罗的小说主人公大都是平凡的女性，由青年到老年，由为人女者到为人母者。她对女性从少女到人妻与人母的心理转变的刻画细致入微，不但写出了人性的复杂难解，而且以同情和客观的视角呈现了她们在现实中的脆弱与无助。

门罗的得奖，文学界大都觉得实至名归。美国女作家、普利策奖得主简·斯迈利称赞她的小说"既精妙又准确，几近完美"。事实上，门罗的短篇小说曾经得过许多重要的文学奖，包括三次获得加拿大总督奖，以及吉勒文学奖、英联邦作家奖、莱南文学奖、欧·亨利奖、全美书评人协会奖等。其2004年出版的短篇小说集《逃离》更是受到不少赞誉，吉勒文学奖评委认为："故事令人难忘，语言精确而有独到之处，朴实而优美，读后令人回味无穷。"

《逃离》描写了一个年轻女子想逃离丈夫和恶劣婚姻关系的故事。妻子卡拉有两次逃离的经历。第一次是她 18 岁时，因为认识了现在的丈夫，与他双双出走，离开家庭。第二次是她要脱离粗鲁不文的丈夫，追求自主的生活而出走。门罗用平实客观的笔调描写卡拉的两次出走，中间穿插了他们夫妇养的山羊离奇失踪又回来的故事，象征了卡拉出逃的结局。

故事开始时，卡拉和丈夫克拉克在加拿大的一个小镇生活。他们开了一个小农场，除了教骑马外，也帮附近的邻居养马和练马。克拉克性情急躁，动不动就跟人吵架，也常常对卡拉发脾气。他们家养了一头小小的白山羊，但在故事开始时已经走失了。门罗是这样描述那头小羊的：

> 不过让卡拉最不开心的一件事还得说是弗洛拉的丢失了，那是只小小的白山羊，老是在畜棚和田野里跟几匹马做伴。有两天都没见到它的踪影了。卡拉担心它会不会被野狗、土狼叼走了，没准还是撞上了熊呢。
>
> 昨天晚上还有前天晚上她都梦见弗洛拉了。在第一个梦里，弗洛拉径直走到床前，嘴里叼着一只红苹果，而在第二个梦里——也就是昨天晚上——它看到卡拉过来，就跑了开去。它的一条腿似乎受了伤，但它还是跑开去了。它引导卡拉来到一道铁丝网栅栏前，也就是某些战场上用的那一种，接下去它——也就是弗洛拉——从那底下钻过

去了，受伤的脚以及整个身子，就像一条白鳗鱼似的扭着身子钻了过去，然后就不见了。

走失的小白羊，到小说结尾时重又出现。而门罗就是利用小白羊的走失与回家，来象征卡拉逃离的结局其实是无功而返。小山羊原是克拉克买回来的。"起初，它完全是克拉克的小宠物，跟着他满处跑，在他跟前欢跳争宠。它像小猫一样地敏捷、优雅、挑逗，又像情窦初开的天真女孩，常常惹得他们喜欢得乐不可支。可是再长大些之后，它好像更加依恋卡拉了……也不那么轻佻了——相反，它似乎多了几分内在的蕴藉，有了能看透一切的智慧。"

小说名字叫《逃离》，说的虽然是卡拉的出逃，但门罗同时用小白羊的去而复返，隐喻卡拉最后未能成功出逃，最终仍然留在那个她有点厌倦，但又无可奈何只得留下来的家。

小说中的另一个人物，帮助卡拉出逃的贾米森太太，同样也处在逃离的境况。在诗人丈夫去世不久后，她和两个朋友就逃离加拿大，去希腊待了一段时间，最后回到家里，听到帮她打扫屋子的卡拉哭诉生活的不如意和丈夫的无理取闹，便帮助她逃离，以解决当下的困境。

对卡拉来说，逃离成了她生活的转折点。当她第一次离家出走时，她也是想逃离生活中的困境——家人不让她与克拉克来往，于是她选择了和克拉克私奔，双双出逃。虽然她妈妈后来给她写的唯一的一封信说："你都不明白你抛弃掉的是什么东西。"但她却义无反顾。她在给家里留下的简短字条中这样说："我一直感到需要过一种更为真实的生活。我知道在这一点上我是永远也无法得到你们理解的。"

《逃离》代表了门罗短篇小说的最高境界，其技巧之高超可说到了炉火纯青的地步。整篇小说虽然精雕细琢，但看来纯朴自然。其叙事技巧虽然是现实主义，但门罗以细腻的心理刻画和对比手法，描述卡拉两次逃离的心境，让读者从她的文字中感受到卡拉第二次逃离时的矛盾心理。卡拉一方面想离开克拉克，但想到日后生活的彷徨无助和无所适从，终于还是在半路折返，回到了克拉克身边。

门罗的短篇小说用的基本上都是写实主义技巧，其作品着重刻画人物心理，所以被诺贝尔文学奖委员会说心理现实主义是她的作品特色。她不像一些现代派作家，以难解或抽象的情节和文风表现主题，而是通过朴素的文笔和细腻的心理刻画描绘出平淡生活中人生的无奈与无常。

门罗获得诺贝尔文学奖的时候已经 82 岁，在其差不多 50 年的创作生涯中，绝大部分作品都是短篇小说，总共结集出版的包括《快乐影子之舞》（*Dance of the Happy Shades*，1968）、《木星的卫星》（*The Moons of Jupiter*，1982）、《爱的进程》（*The Progress of Love*，1986）、《青年时代的朋友》（*Friend of My Youth*，1990）、《公开的秘密》（*Open Secrets*，1994）、《逃

离 》（*Run Away*，2004）、《 亲爱的生活 》（ *Dear Life*，2012 ）等；另外还有一部长篇小说是《 少女们和妇人们的生活 》（ *Lives of Girls and Women*，1973 ）。通过那些短篇，门罗为平凡人的生活，尤其是当代加拿大女性的生活，描绘出了一幅幅令人惊叹的画像。和门罗一样，她小说中的女性大都在加拿大小镇生活和成长，但总有一个时刻面临留在家乡还是去往大城市的抉择。而在抉择过程中，她们往往经历着人生的转折点或是生活中的变数。因此，门罗笔下的女性往往会在文化和道德转型的界线上挣扎，对家庭的责任、个人的自由以及内心的召唤做出反应，从而衍生出种种令人低回浅叹的故事。

附：门罗简介

门罗出生于加拿大安大略省的一个小镇，她的大部分小说都以家乡为背景。其父亲从事狐狸和貂的养殖，母亲是一名教师。门罗在 1951 年毕业于加拿大西安大略大学英语专业，在 1951 年与詹姆斯·门罗结婚，后来丈夫门罗开了一家书店（ Munro Bookstore，目前还在经营），她在照顾书店和三个女儿之余开始从事小说创作。1972 年夫妇俩离婚，之后她又回到安大略省并专注于写作。1976 年她与地理学者杰拉尔德·弗里姆林（ Gerald Fremlin ）结婚，但仍保留前夫的姓氏。1979年到 1982 年期间，门罗旅居澳大利亚、中国和斯堪的纳维亚半岛。1980 年，门罗成了英属哥伦比亚大学和昆士兰大学的客座教授。1980 至 1990 年期间，她差不多每 4 年发表一本小说集。2013 年，门罗获得诺贝尔文学奖，并被评为"现代短篇小说大师"，她是第 1 位加拿大籍获奖者和第 13 位女性获奖者。

第十二章
陀思妥耶夫斯基：
文学中的大爱精神——
陀思妥耶夫斯基的两个人物

陀思妥耶夫斯基（Fyodor Dostoyevsky，1821—1881）这个名字，与我青年时期的成长有着莫大关系。可以毫不夸张地说，我的人道主义人生观、爱情观都受到了他的影响。

我是从鲁迅的文章中认识陀氏的。读了鲁迅的《穷人》小引，我便迫不及待地去看陀氏的这本小说。然后是《被侮辱与被损害的人》《白夜》《死屋手记》《罪与罚》《白痴》《卡拉马佐夫兄弟》《群魔》……总之，能找到他的书的地方，我都去遍了。当时买新书太贵，主要是去旧书店买，找不到就去图书馆借。当时香港大会堂的陀思妥耶夫斯基著作英文版，我借了一次又一次，那段时期可说是我的陀思妥耶夫斯基岁月。

那时候也不大知道为什么那么迷陀思妥耶夫斯基，后来读书多了，心理学和哲学知识丰富了，才知道他那种悲天悯人的情怀是如此打动我。其中，对人类的爱、对受苦受难者的关怀，和我的秉性有着一种难以言喻的贴近。我一向都没有宗教信仰，但他的作品中那种基督式的大爱精神，是那样深深感动着我。

陀思妥耶夫斯基的作品大多有着浓厚的大爱精神，这和他曾经历过死亡之旅有关。1849年他28岁时，因为参加了醉心于空想社会主义学说的彼得拉舍夫斯基小组集会被捕，并被控以企图推翻现存法律和破坏国家秩序的罪行，而被判以绞刑。然而，在行刑前几分钟他却得到沙皇的特赦，由死刑改为苦役。从西伯利亚的监狱出来后，他写了《死屋手记》一书，除了记录他被判死刑和获得赦免的心路历程外，也描绘了他在苦役监牢中看到的各式各样的人物，并寄予他们无限的同情。俄国著名评论家赫尔岑曾这样形容《死屋手记》：

　　此外，且不可忘记，这个时代还给我们留下一部了不起的书，一部惊心动魄的伟大作品，这部作品将永远赫然屹立在尼古拉黑暗王国的出口处，就像但丁题在地狱入口处的著名诗句一样惹人注目，就连作者本人大概也未曾预料到他讲述的故事是如此使人震惊。作者用他那戴着镣铐的手描绘了自己狱友们的形象，他以西伯利亚的监狱生活为背景，为我们绘制出一幅幅令人胆战心惊的鲜明图画。[1]

　　在陀氏的作品中，我最喜欢的是《白痴》和《卡拉马佐夫兄弟》。当时看《白痴》时的那种震撼，如今还深有体会。那种不求回报的大爱精神，那种对人类相濡以沫的亲近，那种我

---

[1] 陀思妥耶夫斯基：《死屋手记》，耿济之、陈逸译，前言，台湾：远景出版社，2003。

内心所追求但现实中又不敢实行的东西，通过文字描绘出来，令我深深地感动。

《白痴》主要是有关死亡与救赎，以及人间爱和男女爱情的故事。我曾经在讨论《白痴》的一篇文章中描述过《白痴》的故事：

故事很长，简单地说，女主人公纳斯塔西娅自幼被贵族托茨基收养，在她12岁时托茨基为她请了家庭教师，并打算把她培养成贵族的千金小姐。可是，当她长大后，托茨基占有了她，并把她收作情妇。故事开始时，托茨基正想跟梅什金的远亲叶潘钦将军的女儿结亲，所以想尽快把纳斯塔西娅嫁出去。他答应付出七万五千卢布将她嫁给叶潘钦将军的秘书加尼亚。故事的男主人公梅什金公爵这个时候从瑞士养病后回到彼得堡，他和作者陀思妥耶夫斯基本人一样，患的是癫痫症，通过远亲叶潘钦将军夫人的介绍，寄住在加尼亚家。之后展开了一幕又一幕既惊心动魄又扣人心弦的故事。

由于故事太长，这里只交代故事中几个人物的关系。梅什金在由瑞士回俄国的火车上结识了富家子弟罗戈任，他是纳斯塔西娅的追求者。在拜访叶潘钦将军时，梅什金又认识了他的三个女儿，其中阿格拉娅性格反叛，钟情于梅什金。在故事的发展中，具有基督心肠的梅什金看到原本性格善良的纳斯塔西娅的"堕落"——她竟然答应嫁给用钱来"买"她的罗戈任,因而打算"牺牲"自己,即使对纳斯塔西娅没有产生男女间的爱情,在被她问到是否愿意娶她时,他一口答应。但纳斯塔西娅看见这个天真的梅什金竟然想也不想便答应她,除了认为这是对自己的施舍外,还觉得自己配不起他,于是挽着罗戈任的手走了。可是,后来当纳斯塔西娅知道梅什金将要和阿格拉娅结婚时,她却当着阿格拉娅的面,问梅什金选择她还是阿格拉娅。梅什金基于拯救堕落者的基督心肠,竟然答应娶纳斯塔西娅,这使阿格拉娅十分错愕和伤心。最后,纳斯塔西娅还是跟了罗戈任,并被充满妒火的罗戈任杀死。在最后一幕,梅什金和罗戈任双双躺在死去的纳斯塔西娅身旁,而梅什金终于旧病复发,再次成为白痴。

《白痴》之所以感动无数读者,除了有不少令人难忘的经典场面外,还有人物之间的爱恨纠缠。陀氏说过,他创作《白痴》是为了塑造一个"美好的正面人物"梅什金公爵。梅什金公爵纯真而善良,对所有人都怀着基督式的大爱感情,但在人性复杂的社会中,他的这种处世方式无疑使他被人怀疑是白痴。然而,梅什金公爵却是作者的一个理想人物,是基督式的"十全十美"的人,而故事就是通过他这样一个人物展开的。

我在另一篇文章中说过，陀氏把基督化身在梅什金身上，是要让他经历人生的一个"复活"过程：

陀氏使梅什金的旅程以死亡开始，又以死亡来结束。他曾经在书信中说过，他想在《白痴》中刻画一个"美好的正面人物"，即一个可以媲美基督的人物，他濒临死亡的边缘，而他的死亡是要从根本上消除死亡的。于是陀氏不厌其烦地讨论死亡。梅什金分别与初相识的罗戈任和叶潘钦将军夫人及其女儿们谈到他所听到的一次濒死体验。一个被判死刑的囚犯获得了赦免，跟他谈到感受时说："如果可以不死就好了！如果把生命还给我就好了，那将是多么美妙呀！那样我将拥有一切！我会把每分钟都当成一个世纪，不浪费一丁点光阴，每分钟都精打细算，分分秒秒都不会白白浪费掉！"这种濒死体验，相信是陀氏自己所亲身经历过的。而自此以后，死亡于他如影随形，一直在他的作品中出现。在《白痴》中，陀氏不但借小说人物之口多次讨论死亡，小说本身也多次出现死亡的场景。而伴随着死亡的，是救赎和复活。人不一定是在生命终结时才算死亡，当一个生命到了一大转折点，然后从头开始，以救赎和复活的形式重现，也是一次死亡的经历。纳斯塔西娅如果在"堕落"中获得梅什金的救赎，也就是在死亡中复生。罗戈任则是亲手制造死亡的人，他不但杀死有希望获得救赎的纳斯塔西娅，就是梅什金，如果不是癫痫病发作，也将被他杀死。小说里面还有好几个人物迷上死亡。阿格拉娅因为梅什金答应与纳斯塔西娅结婚而出走，最后嫁给一个波兰伯爵，并且"堕落"为天主教徒，是另一种形式的死亡。而书中一个选择"自我毁灭"的角色列别杰夫，和另一个将要自杀的角色伊波利特，也长篇大论地探讨死亡的哲学意义。

《白痴》中的死亡，是与救赎和复活相对应的。全书的一个中心目的，是梅什金希望把纳斯塔西娅从"堕落"的深渊中拯救出来。就像基督为了拯救世人而甘愿接受酷刑一样，梅什金在救赎纳斯塔西娅的过程中，也尝尽了苦难。他愿意以自己的死亡来换取纳斯塔西娅的复活，又愿意牺牲自己所爱——阿格拉娅而拯救纳斯塔西娅，但最后都无功而返。他除了把这个世界搞得更混乱外，自己也走向了死亡之路——最后他癫痫病复发，成了真真正正的白痴，没有从死亡中复活过来。

死亡和救赎，是在《圣经》中常常看到的主题。陀思妥耶夫斯基的宗教（东正教）情怀通过小说向读者传达了出来。但他不是在宣扬教义，而是在把他的怀疑和质问向读者表白。

德国文学与文化理论家本雅明（Walter Benjamin）在谈到《白痴》时说过，作者"将儿童视为治疗青年人及其国度的唯一的良方妙药。不必提起陀思妥耶夫斯基在《卡拉马佐夫兄弟》里赋予儿童生命以无限的疗救力量，单从这部小说中，科利亚和梅什金公爵具有的最纯净的孩童气质的形象，就可以看出这一点。……读陀思妥耶夫斯基的作品，总能清楚地看出，只有处于儿童的精神状态，人的生命才能从民族的生命中纯粹而充分地发展起来"。[1]

梅什金的天真和纯洁无邪，正是还没涉足世情的童子心态。用社会上成年人的眼光来看，这无疑是"白痴"。书中描写他在瑞士治病时，大多数时候都跟孩子们在一起，这使得他的监护人认为他"完完全全是个孩子"。他其后说："也就是说，孩子气十足，我只是身材和脸长得像大人罢了，可是在智力发展程度、心灵和性格上，也许甚至在智商上，我都不是个成年人，哪怕活到 60 岁，也依然故我。"他又承认自己"的确不喜欢和成年人、和大人在一起，这点我早看出来了。我之所以不喜欢，是因为我跟他们合不来。不管他们对我说什么，也不管他们对我有多好，跟他们在一起，不知道为什么，我总觉得别扭，如果我能够赶快离开他们，去找自己的同伴，我就非常高兴，而我的同伴从来都是孩子，这不是因为我自己是孩子，而是因为孩子们对我有一种说不出的吸引力"。

孩子的世界，不是可以用成人的善恶正邪来分析的，孩

[1] 瓦尔特·本雅明:《经验与贫乏》，王炳钧、杨劲译，天津：百花文艺出版社，1999。

子们用上帝所赋予的原初天性，即张开手臂接受拥抱和对任何善意都报以笑容。这种超越世俗伦理观的处世态度，自然与成人世界格格不入。即使面对两位女主人公，梅什金也纯以无私的爱来对待她们。为了拯救纳斯塔西娅，即使他的真爱是阿格拉娅，他也答应和纳斯塔西娅结婚。这种爱，是人之为人的完善性格，但其结果却是毁灭了两个善良的女性。他和两位女性的关系，没有受肉体欢愉的欲望的支配，而是纯粹的两性友谊与爱情。也许，陀氏想向读者展示，世俗中人对肉体欢愉的欲望超过了真正的爱情（正如小说中的罗戈任，作者将他与梅什金做对照）。

陀氏笔下的梅什金并不"成功"，因为他没有一个完满的结局，而是落得真正成为白痴的下场。也许，陀氏也明白，纯然天真的孩子天性，不能造就一个"美好的正面人物"，所以他其后又创造了《卡拉马佐夫兄弟》中的阿辽沙。虽然这个人物仍是像孩子一样纯真，但就少了许多梅什金那种过于天真的行为。在陀氏笔下，阿辽沙是一个理想主义者，对所有人都怀着信任与宽容，并有着无限的同情心和悲天悯人的情怀。他用善意来对待所有恶事，全因他对人的信任感，他认为人之所以为恶，有其可以理解的各种原因。他尤其渴望光明和理想世界的到来，并且深信这是世人所共同渴望的。

然而，作者对这个人物的描写并不是一味地让他展现善心，而是让他不停地在善恶的矛盾中反思。与佐西马长老的相遇和与哥哥伊凡的对话，让他的思想产生极大的震撼。阿辽沙与佐西马长老二人的关系，可说是一种爱的延伸。阿辽沙冀求人人都能相爱，而佐西马长老告之大爱之道：不应只在修道院实践爱，而要走入人群，哪里有爱哪里就有天堂。他以他哥哥临终前说的话来告诫阿辽沙："所有人都是在其他众人面前犯了过错，只是人们不知道罢了。如果知道了，立刻就成为天堂了。""地狱是什么？地狱就是永远不能再爱人了。"他让阿辽沙知道，每个人不只有自己的罪孽，还有爱。天堂在哪里？只要愿意替别人承受过错，那就是天堂。修行是指：看待每个人都是平等的，做仆人的仆人，并且在爱罪人当中，更能体会神的奥秘。他坚信这信仰可以救俄罗斯的人民。

阿辽沙依着佐西马长老的教诲前行，虽然没有什么拯救世人的伟大事迹，但他让我们感受到人间大爱的精神如何在他身上体现，即对受苦受难的人赋予关爱与同情，并让他们感受到盼望与安慰。在阿辽沙的修行过程中，另一个令他反思和感到震撼的，是他的无神论哥哥伊凡。他和伊凡的对话，成了小说中的经典。

让我们先回到小说本身，《卡拉马佐夫兄弟》写了卡拉马佐夫父子围绕金钱、女人而产生的各种冲突。父亲卡拉马佐夫生性贪婪，对性欲毫无节制，更无道德观念，有着人性中最丑恶的特性。长兄德米特里虽然不羁，但为人坦率，仍有一点儿对上帝的敬畏，因此在内心常常展开心灵与魔鬼的交战。他十分憎恨父亲，并有杀死他的愿望，但由于良知未泯，没有实行。而最后鼓动杀父的（假手于人），却是他的弟弟——无神论者伊凡。伊凡是一个知识分子，但他不信上帝的存在。他认为既然没有上帝，也就无所谓灵魂不死，因此一切事情都可以被允许。在家庭冲突中，他不但要和父亲争夺家产和女人，还教唆父亲的私生子——自私狠毒的斯乜尔加科夫杀害父亲。（伊凡最后因为良心的责备而发疯。）

伊凡作为无神论的代表，与作为有神论代表的阿辽沙展开了几场知性与感性的交锋，使得整本小说有不少篇章都让读者反省上帝与宗教的存在意义。其中，伊凡描述的大宗教裁判官的出现，最能体现无神论者的世界观。在这一章中，作者让上帝降临人间，并向受苦受难的世人施救，但是被大宗教裁判官阻止，他把上帝监禁起来，还向人民宣布上帝是个骗子。最后，人民纷纷向上帝投以石块。

伊凡借大宗教裁判官说出了世俗宗教的权力运作模式，大宗教裁判官利用面包和奇迹作为上帝的代理人，控制着愚昧的人民。这一观点无疑有其正确性，他的论述也成为一篇无神论者的宣言。但他的假设——假如上帝不存在，一切事情都可为，却同时也是为恶者的护身符。然而，人之为人，除了那个不可知的上帝外，还有那个时时刻刻观照着自己一言一行的良心。所以，伊凡到最后还是逃不过自己的良心，最后他因良心责备而发疯。

第十三章

弗吉尼亚 · 伍尔夫:

《到灯塔去》的意识流手法与女性自主意识

作者按：本章小说引文出自弗吉尼亚·伍尔夫:《到灯塔去》，王家湘译，北京十月文艺出版社，2015。另：图片来自维基百科公版。

教创作课的时候，我会专门讲一下意识流小说的创作技巧。我通常会以美国作家福克纳（William Faulkner）和英国作家伍尔夫（Virginia Woolf，1882—1941）为例子，讲的是福克纳的《喧哗与骚动》与伍尔夫的《到灯塔去》（*To the Lighthouse*）。伍尔夫是我十分喜欢的作家之一，也是我青年时代的女神。她那张著名照片中的忧郁眼神，多年来仍然印在我的心坎上。记得那时候常常跑到英国文化协会图书馆，一本又一本地借她的书，包括她的小说、日记和书信，还有关于她小说的评论文集。那时候许多英文都看不懂，便努力查字典。那种痴迷程度，就好像单恋着一个心仪的女孩子。后来电影《时时刻刻》（*The Hours*）出来，我也趁着教书的便利，一年又一年地放给同学看。《时时刻刻》以伍尔夫的《达洛卫夫人》为蓝本，探讨不同年代的女性处境，看着银幕上妮可·基德曼惟妙惟肖地再现伍尔夫的神采，好像有种重新找回女朋友的感觉。

伍尔夫的作品中，我最喜欢的是《到灯塔去》。这部小说不但创作技巧圆熟，而且可以说是意识流小说的模板。纽约公共图书馆100周年选出的世纪之书中，小说类就有《到灯塔去》。小说翻成中文后，失去了不少原著的诗意和韵味，但从意识流技巧方面来说，还是很值得一读。

《到灯塔去》讲述了一名中产阶级太太拉姆齐夫人希望带6岁的儿子划船去附近的灯塔，但出于各种原因，10年后才成行，而那时候拉姆齐夫人已经逝世。全书分为三部分共四十一章，是中长篇小说的格局，但整本小说没有什么故事情节，对白也少，基本上都是内心独白和意识流。伍尔夫有意以两个女性的视角去写这本书，其出发点跟《一间自己的房间》相同，就是探讨在英国这样一个阶级分层和性别歧视严重的社会中，女性如何突破藩篱而获得自己的个人空间。小说的女性视角充满对那个时代女性的关怀，作者切身地用批判的眼光，从哲学性思考的角度表达女性观点。由于小说不像情节丰富的传统现实主义故事，其中夹杂大量的意识流和内心独白，一般读者要耐心仔细地阅读，才能领会其特色。

《到灯塔去》共分三部分。第一部分"窗口"描述拉姆齐一家和几个朋友在海边度假，并通过晚餐时段拉姆齐夫人的意识流交代各人的性格和关系，以及她的夫妻感情生活的沉闷。第二部分"岁月流逝"以诗意盎然的文字描写破落的度假屋中各人的回忆。当时拉姆齐夫人刚离世不久，莉莉作为这一部分的主人公，带着轻淡而哀怨的情绪回望从前，除了拉姆齐夫人，她的长子和长女也逝去了。第三部分"灯塔"讲述的是10年后的事，拉姆齐先生终于带着16岁的小儿子詹姆斯和女儿卡姆乘小船到了灯塔，画家莉莉也完成了10年前因为找不到感觉而停顿下来的那幅拉姆齐夫人肖像画。

由于篇幅关系，这里不打算详细剖析全书，只是拿小说的意识流手法来印证伍尔夫小说高超的意识流技巧。

小说开头，拉姆齐夫人说了一句话：

> "当然，要是明天天气好，我们一定去，"拉姆齐夫人说，"不过你可得起大早才行。"

然后故事展开。当时她手上正在织一双袜子，打算送给灯塔看守人的小儿子——如果去得成的话。说了这样一句话后，通过拉姆齐夫人的思绪，作者先让读者了解了拉姆齐夫人对儿子的关怀和爱护：

> 她的话带给了儿子极大的快乐，好像一旦决定了，这次远游就一定会实现。在一个晚上的黑暗和一个白天的航行以后，他盼望了仿佛多少年的奇迹就会出现在眼前。詹姆斯·拉姆齐还只有六岁，但他属于那个不会区分不同感觉、必须使未来的期望随同其欢乐和悲伤影响现实的伟大一族，对于这种人，即使在幼小的童年时代，感觉之轮的每一转动都具有把忧郁或欣喜的一刻结晶、固定的力量。这时他坐在地上，正在剪陆海军商店商品目录册上的图片，妈妈的话使他在剪一张冰箱的图片时

感到心花怒放。

从以上一段，我们知道拉姆齐夫人正在织一双袜子，而她6岁的儿子则坐在她旁边的地上，正在剪陆海军商店商品目录册上的图片。她的心情是愉悦的，也对儿子的将来抱着乐观的希望：

> 四周充斥着快乐。小手推车、割草机、沙沙作响的白杨树、雨前泛出白色的树叶、呱呱嘈叫的白嘴鸦、摇摆的金雀花、窸窸窣窣的衣裙——一切在他心中是这样生动清晰，他已经有了只属于他自己的代码，他的秘密语言。从外表上看他十足一副坚定严肃的神态，高高的前额，犀利的蓝眼睛带着无瑕的纯洁坦诚，看到人类的弱点就微微皱起眉头。母亲看着他用剪刀整齐地沿着冰箱的边缘移动，想象他穿着饰有貂皮的红袍坐在法官席上，或在公众事务出现某种危机时指挥一项严峻而重大的事业。

就在这个时候，站在窗子前面的拉姆齐先生冷不防说出这样一句话："可是，明天天气不会好的。"这样的冷水让心情美好的拉姆齐夫人很生气，她在心里批评她丈夫不近人情，说的虽然是实话，但伤了孩子的心。她想："要是手边有斧头、拨火棍，或者无论什么能在他父亲胸口捅个窟窿把他当场杀死的武器，詹姆斯都会把它抓起来的。"她于是补充答了一句："但是明天天气可能会好——我想会好的。"然后，她不耐烦地轻轻扭了一下正织着的一只红棕色的袜子。又想："如果她今晚能够织完，如果他们明天真能到灯塔去，就要把袜子带去送给灯塔看守人的小男孩，他得了髋骨结核。还要带上一大堆旧杂志和一些烟草。"

关于袜子，拉姆齐夫人的思绪就停在这里，然后，她的眼光望着室内的环境，她的思绪去了另一空间：

其实，只要她能找得到的、四处乱放着没什么用处只会使屋子凌乱的东西，她都要拿去给那些可怜的人，使他们有点消遣的东西。他们整天坐在那儿，除了擦灯、修剪灯芯、在他们一丁点儿大的园子里耙弄之外，什么别的事情也没有，一定烦闷得要命。她常常会问，要是你被禁闭在一块网球场大小的岩石上，一待就是一个月，遇上暴风雨天气可能时间还要长，你会有什么样的感觉？没有信件或报纸，看不到任何人，你要是结了婚，见不到妻子，也不知道孩子们怎么样——是不是生病了……

她就一直让思绪流动，直到正与她丈夫在阳台上踱步的朋友查尔斯·坦斯利插上一句话："风向正西。"她随即返回现实，在心里批评这个"无神论者坦斯利"。她用"胡说"两个字驳斥了他，然后由这个讨厌的人联想到自己：

> 她向镜子里看去，看见自己的头发白了，面颊凹陷；五十岁了，她思忖着，也许她本来有可能把事情处理得好一点——她的丈夫、钱财、他的书籍。但是就她个人来说，她对自己的决定永远不会有丝毫的后悔，永远不会回避困难或敷衍塞责。……再回到现实来时，她要儿子伸出腿来量度袜子的长度是否合适。"现在站起来，让我比比你的腿。"

上面的引文都在第一章。之所以引述那么多文字，是想让读者看看伍尔夫怎样利用意识流技巧，以飘忽的思绪把读者带离叙事时间和空间的。她的自由联想随着眼中环境和景物的变化而变化，让读者感受到拉姆齐夫人在那种无聊和琐碎的生活中的颓唐与无奈。她的意识流动从第一章织袜子开始，到量度袜子，这是一个十分短的时间。然后她继续织袜子。直到第四章，我们仍然看到她在量度袜子：

> "站好别动。别讨人嫌。"于是他立刻知道她这回的严厉是当真的了，便把腿绷直。她比量了起来。袜子短了至少半英寸，即便是把索利的小男孩长得没有詹姆斯

148

高这个因素考虑在内，也不够长，"太短了，"她说，"实在太短了。"

到第一部分完结的第二十章结尾，现实时间是傍晚到晚饭后孩子睡觉的时刻，大约四五小时之内，可是拉姆齐夫人意识流动的时间跨度，却几乎是她从出生到当下的 50 年时间。在第一部分的最后一章，整章都在描述拉姆齐夫人还在织她的袜子，到最后一段：

> 她知道他（拉姆齐先生）在看着她。她没有说话，而是捏着袜子转过身来，凝视着他。她一面凝视着他，一面脸上开始露出了微笑，她虽然一个字也没有说，但是他知道，他当然知道，她爱他。

看到第一部分最后这一段，我们知道，《到灯塔去》原来是一部关于爱情的小说。然而，这并不是罗曼蒂克的那种爱情，也不是《霍乱时期的爱情》中那种刻骨铭心的爱，而是一种两个人无奈地生活在一起的妥协的爱情。这种爱情，正是伍尔夫父母的爱情。他们在日常生活中，正如小说所描绘的那样，是处处妥协与忍让。全书只称女主人为拉姆齐太太，她没有自己的名字，因为她在经济上依附丈夫，在生活上依附子女。

而第二部分中的主人公画家莉莉，则是伍尔夫这一代，也是伍尔夫自己的写照———一个敢于闯破禁忌，不视婚姻为必然，自诩为"中性"的女性。她不为以拉姆齐先生为代表的父权社会所容，只有通过绘画找寻自己，表现自己作为女性的天分和特质。当旁边的男性说女人不能画、女人不能写的时候，她看清了男性的自我权威和自豪感有时不过是通过凌驾于女性之上而存在的。莉莉一面画拉姆齐太太的肖像，一面通过意识流和内心独白，探寻女性之存在感而受到启悟。她从拉姆齐太太身上看到了女性的美和力量，并从中发现了自己。

作为一个在技巧上勇于尝试的作家，伍尔夫的不少作品都是创新实验，而她在形式上的尝试总是结合内容的情绪和调子，去探寻她眼中的生活真谛。她无心于生活中的琐碎事务，但对女性的内心世界却十分敏感。这也是我从青年时代就喜欢她的原因。

第十四章

意大利作家卡尔维诺:

看不见的城市，看得见的想象

作者按：本章无特殊说明的小说引文出自伊塔洛·卡尔维诺:《看不见的城市》，王志弘译，时报文化，1993。另：图片来自维基百科公版。

2015 年的诺贝尔文学奖刚揭晓不久，得奖者白俄罗斯女记者兼作家阿列克谢耶维奇自是实至名归。然而，每次公布后，总有人找出曾被提名者或过去的遗珠，其中多年前逝世的伊塔洛·卡尔维诺（Italo Calvino，1923—1985）也会被人以惋惜的口吻提到。不少人认为，要不是卡尔维诺早逝，他应该有机会获得诺贝尔文学奖。

卡尔维诺生于 1923 年的古巴。在他 62 年的生命中，迁徙和旅行是其人生最重要的体现。1967 年之前，他来往于罗马、都灵、巴黎和圣莱莫之间，然后移居巴黎。1976 年之后，他在美国、墨西哥、日本、阿根廷、西班牙等的不同城市巡回讲学。这种旅程一方面令他感到新奇和兴奋，另一方面又使他看到不同城市面貌的重复和复制。他在自传《巴黎隐士》中写道：

今天的城市与城市正合而为一，原来用以分示彼此的歧异消失不见了，成为绵亘一片的城。……

……不论国际旅行或城市间往来都不再是走过各式场所的一次探险，纯然只是从一点移动到另一点，之间的距离是一片空茫，不连续性。坐飞机旅行，是一段云

153

中插曲，市区内移动，是一则陆上插曲。[1]

城市对于卡尔维诺而言，是不同情境的合而为一，他不断尝试通过作品剖析不同的城市面貌，同时也在心中重整不同的城市形象。他写于 20 世纪 70 年代的几部经典著作如《看不见的城市》（1972）、《命运交叉的城堡》（1973）、《如果在冬夜，一个旅人》（1979）等都与城市有关，从中可以看到他对城市各种面貌的思考与重组。在 1960 年发表的论文《向迷宫挑战》中，他写道：

> 外在世界是那么的紊乱，错综复杂，不可捉摸，不啻是一座座迷宫。然而，作家不可沉浸于客观地记叙外在世界，从而淹没在迷宫中；艺术家应该寻求出路，尽管需要突破一座又一座迷宫。应该向迷宫宣战。[2]

把城市视作迷宫，当然不是卡尔维诺的一家之见。拉美作家博尔赫斯和加西亚·马尔克斯作品中也有那种迷宫式的体验，那种作者对城市景观产生眩惑感觉的描述。但卡尔维诺的迷宫体验，则来自他多年游走于不同城市之间的观察。而这些观察

[1] 伊塔洛·卡尔维诺：《巴黎隐士》，倪安宇译，译林出版社，2009。
[2] 吕同六、张洁主编：《卡尔维诺文集：意大利童话（上）》，译林出版社，2001。

展现于小说之中时，却呈现出一种典型的后现代主义叙事风格。

卡尔维诺的小说作品既富于幻想力，又展现出了多层次的叙事空间，让一些较少接触当代文学理论的读者感到有点无所适从。然而，这种迷宫式的游戏，却令文学爱好者百读不厌。其作品所展现的艺术风格，与他服膺于罗兰·巴特的符号学世界不无关系。他借鉴结构主义、后结构主义等理论，再加上巴赫金的对话理论，写出了结构复杂而寓意深远的小说作品。以《看不见的城市》和《如果在冬夜，一个旅人》为例，就可以看到卡尔维诺如何把巴特的能指和所指理论，以及巴赫金的对话理论，得心应手地展现于小说之中。

《看不见的城市》是一本结构复杂的迷宫式小说。卡尔维诺借用历史人物忽必烈（元朝皇帝）与马可·波罗（意大利威尼斯商人，写有《马可·波罗游记》)，讲述（虚构）了马可·波罗游历世界的见闻。两人因言语不通而需要用各种能激起对方形象思维的方法讲述故事。由于对话者不同的文化背景，两人的沟通出现了从陌生至熟络，再到互相信赖，以及从依靠身体语言和动作到把想象与具象联想起来的转变过程，这些都可看出语言沟通与文化之间的渗透交集。在《看不见的城市》中，两人在对话中通过想象力与记忆的重组，将马可·波罗所看到的城市一层一层地呈现于读者眼前，同时作者通过想象，安排忽必烈去意会那些"看不见的城市"的模样。小说运用时空交错的叙事手法，重构了一个又一个看不见的城市，让读者通过想象去再现与解读各种城市的意象。

《看不见的城市》共分九章，每一章前后有马可波罗的对话，中间叙述不同城市的五十五个故事。卡尔维诺把全书分为十一个主题，分别为：

城市与记忆	城市与死亡
城市与眼睛	城市与天空
城市与欲望	轻盈的城市
城市与符号	连绵的城市
城市与名字	隐匿的城市
贸易的城市	贸易与城市

由于篇幅关系，这里不能详细描述各个城市的面貌，但从作者对主题的命名中，可以知道不同城市所隐含的不同意象。例如第一个主题是"城市与记忆（想象）"，作者对一个曾经有过辉煌时代的城市废墟做了记忆的延伸，中间加入了各种想象，以此来描述那种辉煌的日子是怎样的风光不再。而历史上没有一个废墟是"建设"而成的。卡尔维诺通过马可·波罗（也是他自己）的述说，追寻了种种由光辉到颓败的历史过程。

卡尔维诺把记忆与想象连在一起，是对历史的沉思，同时由沉思生出更多想象，而想象的空间又带读者形塑各种由辉煌到衰败的城市。通过马可·波罗在旅行中（虚构）的所见所闻，卡尔维诺带读者穿透了城市的想象空间，从而激起了读者对城市更深邃的沉思。比如，关于安娜斯塔西亚城（Anastasia）：

经过三天南行的旅程，你来到安娜斯塔西亚，有许多源头相同的运河在城里灌溉，许多风筝在它的上空飞翔。现在我应该列出在这儿买得到并可以赚钱的货物：玛瑙、马华、绿石髓和别些种类的玉髓，我应该推荐那涂满甜酱而用香桃木烤熟的、金黄色的雉肉，还应该提一提那些在花园池子里沐浴的妇女，据说她们有时会邀请陌生人脱掉衣服跟她们在水里追逐嬉戏。但即使说过这些，也还没有点明这城的真正本质，因为关于安娜斯塔西亚的描述，虽然会逐一唤起你的欲望而又同时迫使你压抑它们，可是某一天早上，当你来到安娜斯塔西亚市中心，你所有的欲望却会一齐醒觉而把你包围起来。整个来说，你会觉得一切欲望在这城里都不会失落，你自己也是城的一部分，而且，因为它钟爱你不喜欢的东西，所以你只好满足于在这欲望里生活。安娜斯塔西亚，诡谲的城，就具有这种有时称为恶毒、有时称为善良的力量。假如你每天用八小时切割玛瑙、石华和绿石髓，你的劳动就为欲望造出了形态，欲望也同时为你的劳动造出了形态；而在你自以为正在享受安娜斯塔西亚的时

157

候，其实只是它的奴隶。

其中令人沉思的是对一个城市的想象欲望。城市隐含着想象与欲望，有恐惧有欢愉，你的感受并非来自城市所展现的奇观雄伟，而是城市回答你内心的问题，一种氛围的产生飘荡在城市与人之间，欲望流露，想象飞扬，与它相联结的城市只知道离去，不晓得归来。（留意文中的叙事特色。）

安娜斯塔西亚城把人的原始欲望置于城市内核，欲望不时会因某种刺激而苏醒，从而把人自己变成欲望的奴隶。

还有由想象欲望构成的费朵拉城（Fedora）：

灰色的石头城费朵拉的中心有一座金属建筑物，它的每个房间都有一个水晶球，在每个球体里都可以看见一座蓝色的城，那是不同的费朵拉的模型。费朵拉本来可以是其中任何一种面貌，但是为了某种原因，却变成我们现在所见的样子。任何一个时代，总有人根据他当时所见的费朵拉，构思某种方法，借以把它改变为理想的城市，可是在他造模型的时候，费朵拉已经跟从前不一样了，而昨天仍然认为可能实现的未来，今天已经变成玻璃球里的玩具。收藏水晶球的建筑物，如今是费朵拉的博物馆：市民到这儿来挑选符合自己愿望的城，端详它，想象自己在水母池里的倒影（运河的水要是没干

158

掉，本来是要流进这池子里的），想象从大象（现在禁止进城了）专用道路旁边那高高在上的有篷厢座眺望的景色，想象从回教寺（始终找不到兴建的地基）螺旋塔滑下的乐趣。

伟大的汗王呵，你的帝国地图一定可以同时容纳大的石头城费朵拉和所有玻璃球里的小费朵拉，不是因为它们同样真实，是因为它们同样属于假设。前者包含没有需要时已认为必需的因素，后者包含的是一瞬间似乎可能而另一瞬却再没有可能的东西。

在费朵拉，每个人对这个城市的想象都有自己的一个模型，然而，当城市建造完成后，这样的想象也成了过去或回忆，是一瞬间似乎可能而另一瞬却再没有可能的东西。城市建成后各有生命，随想象而变化。想象过的城市在一瞬间可能存在，但在另一瞬间又不复存在。

从上面展现的叙事风格中可以看出卡尔维诺小说的议论性颇强，而且需要读者较高的参与度，这是后现代主义小说的一种特性。由于小说内涵的多义性，加上作者所赋予的各种象征和意象，因此对读者来说，这既是挑战，也是一次愉快的阅读经验。

小说名虽是《看不见的城市》，但其实是看得见的想象，是由想象通往具象的文字转换。在岭南大学硕士班讲授文学批评课时，我曾以《看不见的城市》为评论对象，让同学运用后现代主义理论讨论这本小说。最后我告诉同学，作者其实是在告诉你他所看得见的城市，而他看到的，是一个经由不同现实组成的想象出来的城市。

卡尔维诺在1970年一个关于文学幻想的学术会议上说过："19世纪的幻想是浪漫精神的优雅产物，很快它就成为通俗文学的一部分。而在20世纪，智力性（不再是情感的）幻想成为至高无上的，它包括：游戏、反讽、眨眼示意，以及对现代人隐蔽的欲望和噩梦的沉思。"[1]

《看不见的城市》正是这段话的最佳证明。

---

[1] 艾晓明：《活在语言中的爱情》，浙江人民出版社，2000。

第十五章

昆德拉的梦——《生活在别处》

作者按：本章小说引文出自米兰·昆德拉:《生活在别处》，袁筱一译，上海译文出版社，2022。另：图片来自维基百科公版。

詹姆斯·乔伊斯出版于 1916 年的长篇小说《一个青年艺术家的画像》(*A Portrait of the Artist as a Young Man*)，叙述了主人公从童年至青少年时期的人生成长历程，最后主人公发觉都柏林社会容不下他这样的艺术家。无论是乔伊斯本人，还是小说中的青年艺术家，都令人想到 19 世纪法国象征主义诗人兰波(Rimbaud)。书中描写的主人公斯蒂芬·迪达勒斯在童年及青少年时期的心理成长过程，以及他对当代艺术的感悟，对后来另外一个青年小说家米兰·昆德拉(Milan Kundera,1929—2023)产生了很大的启发。当时仍居住在捷克的昆德拉将兰波著名的诗句"生活在别处"作为书名，他在该书中描写了一个年轻诗人的成长历程。

　　《生活在别处》原来的书名叫《抒情时代》，可见作者是想记下那个曾经诗意盎然的年代。捷克和附近的欧洲国家曾经是现代主义的摇篮，可是经过一战和社会主义的洗礼，那种饱含抒情的诗意消失殆尽，代之而起的是口号式的革命现实主义，容不下太多想象空间。小说主人公雅罗米尔，出生不久便被母亲认定为具有艺术天赋和才华的孩子，因此受到了母亲的悉心栽培。雅罗米尔在成长过程中不断受到艺术的启发，并从现代艺术理论中发现了现代主义诗风的美。

《生活在别处》是昆德拉早期的作品，故事情节打上了时代的烙印：第一次世界大战后、纳粹德国占领时期、苏联社会主义时期，以及著名的 1968 年布拉格之春时期。诗人在成长过程中也随着时代和政治的转变而做出了适应与抉择。简单地说，《生活在别处》是昆德拉对 20 世纪五六十年代捷克文学艺术风貌的呈现，他通过一个青年诗人的成长历程让读者感悟捷克社会面貌的变化及其与艺术的冲突。

《生活在别处》的叙事风格跟一般传统小说不同，而接近于陀思妥耶夫斯基《罪与罚》的那种心理描写与作者介入的叙事手法。在小说中，昆德拉除了以全知观点描述人物的内心世界外，还有意地现身解释事件和提出自己的看法。昆德拉以作者身份介入，让人感到他十分在意读者对事件和人物的看法。从他不断站出来解释人物和事件中，我们看到，作者如此热爱自己的国家，但却宁愿选择生活在别处的无奈。

昆德拉生于 1929 年，青年时期的梦想是当雕塑家或画家，他曾经为剧院和出版社画过不少插图。他的父亲是一名音乐家，因此他童年曾被培养出了颇高的音乐造诣。他曾经说过，25 岁之前，音乐比文学对他有更大的吸引力。由于对艺术的热爱，他钟情于现代主义诗歌，并且以诗人的角色步入文坛。他曾经出版过包括《人：一座广阔的花园》等的一些诗集，并且翻译了不少法国诗，此外，他又为剧院写过三个剧本，然后开始踏上了小说家之路。他的第一个短篇小说集为他赢得了名气，其后他写了第一部长篇小说《玩笑》(1967)，该书以黑色幽默的笔触讲述了一个荒诞年代的复仇故事。

《玩笑》使昆德拉一举成名。法国左翼作家阿拉贡称赞该小说是 20 世纪最杰出的小说之一。然而，《玩笑》出版不久便在捷克被列为禁书，而昆德拉的所有作品也在一夜之间从书店和公共图书馆消失了，他本人在电影学院的教职也没有了，他也不能继续发表作品。不过，他还是继续写他的小说，1969至 1973 年间，他写出了长篇小说《生活在别处》和《告别圆舞曲》，以及一个剧本《雅克和他的主人》。《生活在别处》虽以捷克文写成，但直到 1979 年才在捷克出版。1975 年，昆德拉和他的妻子获准移居法国后，《生活在别处》首先以法文版面世。之后在 1984 年，他出版了《不能承受的生命之轻》这部使他声名大噪的杰作。

从以上背景可知，"生活在别处"的那种他乡感觉，为什么多次出现在他的作品中。因此，《生活在别处》可说是昆德拉探讨艺术、诗歌、个人存在三者关系的感悟，全书很多地方仿佛是作者的艺术评论，衬托出了一个青年诗人的成长历程。小说中的诗人雅罗米尔，固然有着少年昆德拉的影子，但同时他又有着无数像雅罗米尔那样初涉仕途的混沌与无知的少年的影子。

20 世纪 50 年代的捷克是一个有关政治刑讯、禁书和无故失踪的年代，但同时又是一个抒情的年代，大学生们慷慨激昂，墙上写着标语"梦想就是现实"，"做现实主义者——没有不可能的事"。在这个时代背景下成长起来的雅罗米尔，由一个崇尚自由诗风的人变成了跟随官方调子的"邪恶"的人，为表忠心，他告发了情人，同时毁灭了作为诗人的自己。然而昆德拉没有从道德主义的角度去描写这个年轻诗人的邪恶，而是以一个既旁观又介入的态度向读者解释，他的这种恶念和他跟随时代步伐有着莫大关系。昆德拉通过小说展示了这个富有浪漫激情的年轻诗人的心理发展，通过把他置于大时代的背景之下，解构了他与社会、情人和母亲的关系。

昆德拉曾经说过："对小说家来说，一个特定的历史状况是一个人类学的实验室，在这个实验室里，他探索他的基本问题：'人类的生存是什么？'"小说中，雅罗米尔与母亲的关系是弗洛伊德心理学中的母子关系的呈现。母亲把对爱情的浪漫梦想寄托于儿子身上，她做不成艺术家，但很早就认定儿子是天才诗人和艺术家。这种寄托变成了一种责任重大的母爱，同时成为少年诗人雅罗米尔的梦想与反叛的泉源。在昆德拉笔下，母爱变成了一种专制的力量，既可反映诗人的反叛意识，又可比喻为对国家专制意识的解读。

小说中，昆德拉为雅罗米尔创造了一个"替身演员"（double），一个叫泽维尔的幻想替身，并让他们在梦中交会。这种梦中之梦的不断出现，让雅罗米尔因泽维尔而模糊了梦与现实的分界。因此，雅罗米尔其实是生活在梦中（别处）的一个诗人，例如他对爱情、对性、对艺术的见解，都像是诗人的呓语。

回应文章开头所说，《生活在别处》描绘了一个年轻艺术家的画像，是西方典型的成长小说格局。这个年轻人有兰波早熟的诗才，也有青年乔伊斯那种天才艺术家的放浪。昆德拉曾经这样描述《生活在别处》："对我所称之为抒情态度的一个分析。"因此，这部最初定名为《抒情时代》的小说，无疑是作者对他曾经生活过的抒情时代的总结。昆德拉通过小说，探讨了诗人在成长期对激情和肉欲的追求，和对理想生活的追寻。作者在心理描写方面着墨甚多，这是一部现代主义模式的心理小说。因此，对小说中诗人的每个阶段——童年、少年和青年时代——的成长历程，作者都十分注重对其的心理刻画。其中，作者对诗人少年时期那种爱和欲的心理描写十分仔细，活灵活现地刻画出了诗人那种对性和爱的混沌感觉。同时作者又借用了意识流的叙事方法，时空交错地呈现了少年诗人对梦境与现实的模糊感觉。

然而，《生活在别处》毕竟写了一个年轻诗人的悲剧。他认为自己在从事一项伟大而崇高的事业——维护社会主义的纯洁性，结果出卖了女友，并与启蒙老师决裂。正如中文版"译后记"所言："当生活在别处时，那是梦，是艺术，是诗，而当别处一旦变为此处，崇高感随即便变为生活的另一面：残酷。"

下面摘录《生活在别处》的一些警句，从中可以看出小说的叙事风格，以及作者是如何介入小说叙事中的：

温情只有当我们已届成年，满怀恐惧地回想起种种我们在童年时不可能意识到的童年的好处时才能存在。温情，是成年带给我们的恐惧。温情，是想建立一个人造的空间的企图，在这个人造的空间里，将他人当孩子来对待。温情，也是对爱情生理反应的恐惧，是使爱情逃离成人世界（在成人世界里，爱情是阴险的，是强制性的，负有沉重的肉体和责任）、把女人看作一个孩子的企图。

……

她想到艺术家的爱也许完全是出于误会，她老问他为什么爱她。他总是回答，他爱她就像拳击手爱蝴蝶，歌唱家爱沉默，恶徒爱村姑。他总是说，他爱她一如屠夫爱小牛胆怯的眼睛，闪电爱宁静质朴的屋顶。所以他爱她，是因为她与他不同，他破坏她，摧毁她，然后重新创造出一个他企望的她。

……

他在另一段生活里，另一段故事里，他无法在他目前所处的生活中拯救他已经不在场的生活。

……

只有逃向崇高借以逃避堕落！

……

已经是梦的尾端。最美妙的时刻，是一个梦尚在持续，另一个梦已经临近的时候，这时他醒了。那双抚摸他的手，就在他一动不动地站在群山背景之中的时候抚摸他的手属于另一个梦里的女人，一个他即将要坠入其中的梦，但是克萨维尔还不知道，因此在此刻，这双手只是单独存在着的，仅仅作为手；在茫茫的空间里一双奇迹般的手；两段奇遇之间的手，两段空茫之间的手；即不属于身体也不属于头的手。

……

睡眠对于他来说不是生命的反义词；睡眠对他来说就是生命，生命就是一种梦。他从一个梦转到另一个梦，就好像从此生命到彼生命。

……

他看着她，心想她真是美丽，美得让人很难离开。但是窗外的那个世界更加美丽。而如果他为此抛弃他所爱的女人，这个世界则会因为他付出了背叛爱情的代价而弥足珍贵。

……

最糟糕的不在于这个世界不够自由，而是在于人类已经忘记自由。

……

自由并不始于双亲被弃或埋葬之处，而是始于他们不存在之处：在此，人们来到这个世界却不知道谁把他带来。在此，人由一个被扔入森林的蛋来到世间。在此，人被上天啐到地上，全无感恩之心踏入这尘世。

……

他总是关注自己，想要审视自我，可是他找到的只是那个全副心思放在自己身上，审视自我的那个形象。

……

他的一生就是在被遗弃的电话亭里，在没有联机，根本无法接通任何人的听筒前的漫长等待。现在，他面前只有一个解决办法：就是从被遗弃的电话亭中走出来，尽快出来！

……

她的爱究竟值多少呢？几星期的悲哀。很好！那么，什么样的悲哀？一点挫折。一星期的悲哀又是什么样呢？毕竟，没有人能够一直悲痛。她在早晨忧伤几分钟，晚上忧伤几分钟。加起来会有多少分钟？她的爱值多少分钟的悲哀？他值多少分钟的悲哀？

第十六章

《钟形罩》及其作者普拉斯
的死亡与重生

作者按：本章小说引文出自希薇亚·普拉丝：《瓶中美人》，郑至慧译，圆神出版社，1999。另：图片来自维基百科公版。

曾有一段时期，我颇为迷恋有关自杀的文学作品。记得看过有关自杀的书中，有一本是诗人兼评论家艾佛瑞兹（Al. Alvarez）1971 年出版的《野蛮的上帝——自杀的人文研究》（*The Savage God——A Study of Suicide*），其中印象最深刻的，是关于西尔维娅·普拉斯（Sylvia Plath，1932—1963）的那一章。

普拉斯自杀前，艾佛瑞兹是英国《观察家》（*Observer*）诗歌版的诗评作者，他对当时只是在英美新诗人中小有名气的普拉斯十分赏识，普拉斯自杀前写的一些诗，会先朗读给他听。艾佛瑞兹在普拉斯死后写过一些文章谈论他所认识的休斯（Ted Hughes，1930—1998）和普拉斯这对诗人夫妇。

《野蛮的上帝》以整章的篇幅记下了他们交往的经过以及普拉斯三次自杀的情形。书中记述的普拉斯第一次自杀时把自己困在地下密室的那个情景，事隔多年我仍然印象深刻。虽然是短短的一段，我仍然感觉到它的震撼力：她小心地偷拿安眠药，故意留下纸条误导家人以免行迹败露，藏身在地窖荒废的角落，将背后弄乱的木柴重新排好，把自己当作骨骸般葬于家中最深处的密室，然后吞下一整瓶安眠药。

普拉斯第一次自杀时 20 岁，第二次自杀是 10 年后她跟休斯分居时，自己故意驾车失事——这是她亲口向艾佛瑞兹承认的，那不是意外事件。第三次则是相隔不久之后，她在家里开煤气自杀，这一次终于"得偿所愿"。

　　普拉斯在第一次自杀的 8 年之后（1961）开始写作《钟形罩》（*The Bell Jar*，台湾译作《瓶中美人》），她把自杀获救的经过写进了小说。此书于 1963 年首次在英国出版时用的是作者的笔名。一个月之后，普拉斯再度自杀。《钟形罩》因为作者的突然自杀而刺激了销路，再版时出版商把作者的名字改回了普拉斯。（美国版本因为普拉斯的母亲和诗人丈夫休斯的反对，迟至 1971 年才出版。）

自传体小说

　　《钟形罩》详细写了主人公埃斯特（Esther）自杀的情形和获救的经过，其中的情节，正是曾经发生在普拉斯身上的：

> 我知道怎么下手。
>
> ……
>
> 我下了楼，从餐桌上拈起一个淡蓝色信封，在背面煞费苦心地涂了几个大字："散步去，要走很久。"
>
> ……
>
> 我拉开母亲五斗柜上层的右边抽屉，抽出喷了香水的爱尔兰亚麻手绢下的蓝色珠宝盒，解下别在黑天鹅绒

上的小钥匙，然后开启保险盒的锁，取出那瓶新近拿到的药丸。比我预期的还多。

少说也有五十粒。

……

我下楼去，走进厨房，转开水龙头，给自己倒了一大杯水。带着水和药瓶，走进地下室。

地下室的窗缝中筛进微弱的海底光线。暖气油灶后面的墙上，约与肩齐高处有个狭小空隙，通往房子与车房之间的过道下方不可见处。地下室是先有的，然后才加盖了过道，盖在这隐秘的泥土空隙的上方。几根壁炉生火用的腐朽老木柴挡住了洞口。我把它们推开了点，然后把水杯及药瓶并排放在一根木柴的平面上，我开始把自己往上顶。

我花了相当长的时间，试了好几次，才把自己拱进那凹处，蜷缩在通往黑暗的入口，像个鱼饵。

我光着脚，泥地很凉，蛮友善的。不知道这一方泥土有多久没有太阳了。

接着，我用力拖动一根根蒙尘的木头，把洞口拦住。黑暗致密得像天鹅绒。我伸手去拿水杯和药瓶，小心低头用膝爬行，向深处的墙爬去。

蛛网触摸我的脸，像轻柔的蛾翼。我用黑雨衣把自己包紧，宛如它是我的亲爱的影子；然后旋开瓶盖，立刻开始服药，一次一颗，大口喝水，再一颗，一颗又一颗。

最初什么也没有，吃到药瓶快见底时，眼前开始闪烁红、蓝色光。瓶子从我指间滑落，我躺下了。

寂静如浪潮般退去，贝壳，小石，我生命遭到船难后的粗劣遗物全都浮现。然后在视界的边缘，寂静又卷土重来，一个大浪劈头盖脸把我冲入睡乡。

这种对自杀和濒死的描述吸引了我——作家选择自我了结生命的仪式总是令我好奇，为什么有些文学创作者要在人生的某一阶段了结自己的生命？艾佛瑞兹的经验，弗吉尼亚·伍尔夫、海明威和其他自杀作家，都让我想到，天才、疯狂和自杀其实是三位一体的。

《钟形罩》被称为自传体小说，讲述了 20 世纪 50 年代女大学生埃斯特一年左右的经历。故事由她因征文比赛得奖，被一家女性时尚杂志邀请到该杂志任见习编辑开始。普拉斯笔下的埃斯特，高而纤瘦，像是首次由小镇走进繁华都市的女生，对大都会的情景和生活都感到好奇和陌生。和她一起因征文得奖在同一家杂志社实习的 10 多名女大学生，却如鱼得水，在光怪陆离的大都会中自得其乐。交男朋友，她不像其他女孩子般放任，她有一个青梅竹马的男朋友，她总是觉得不能跟他一起，后来发觉他"欺骗"了她，没有为她坚守童贞，因而感到不满。

纽约的生活令她格格不入，一个月后回到家乡，她更因为哈佛大学的写作班拒绝了她而感到烦躁不安，她想写小说，但似乎没有灵感，不安感令她连续21天都没有好好睡过：

> 我看到日日年年如同一长串白色的箱子向前排列，在箱子与箱子之间横隔着睡眠，仿佛黑色的阴影一般。只是对我来说，那将箱子与箱子分割开来的长长的阴影突然"啪"的一声绷断了，一个又一个白天在我面前发出刺眼的白光，就像一条白色的、宽广的、无限荒凉的大道。

用今天的医学术语来说，埃斯特明显患了忧郁症，甚至是精神病，她常常连衣服和头发都不洗，认为洗了之后又要再洗，如此反复太麻烦了。她的一个同学自杀了，她也好不到哪里去，最后母亲把她送去专治精神病人的医院，她在那里接受电疗，被当成木偶，任凭摆布。

普拉斯所写的，是美国20世纪50年代年轻女大学生的苦闷，小说主要通过女主人公的眼睛，梦幻般地记录了那段时期的生活片段。青春期女生的烦恼、对爱情和性跃跃欲试的躁动、解放自我的压抑，使得小说成为那个时代的一面镜子，映照着美国女权运动出现之前，美国年轻女性那种被禁锢于传统而又无力飞翔的苦闷。

死亡作为仪式

今天看来，小说故事不怎么样，但了解 20 世纪 50 年代美国女性生活的，都知道当时美国社会中的女性地位就像那时的广告所呈现出来的一样：好好读书，目的是嫁一个中产阶级丈夫，然后待在家中守着孩子。普拉斯笔下的埃斯特却不一样——她酷爱文学，志愿当诗人，并且正在申请入读哈佛大学的写作班。她是一个极度敏感的女孩子，根据弗洛伊德的理论，她有恋父倾向，对她那早逝的父亲有点痴恋，因而极度憎恨那个事事都管着她的母亲。她向往文学，尤其是诗的精神世界，对纽约大都会形形色色的事物既好奇又不屑，性早熟和对爱情的疑惑使她想探索性的世界，但她又无力面对强悍的男性。以上的矛盾造成了她的精神压抑，同时又不时加深了她的心灵亢奋：对生命的认真和对文学中灵欲世界的迷恋，使她认为只有通过文学作品才能追寻生命的丰盈，才能减轻生活中承受的种种苦楚。

埃斯特的这种性格，其实就是普拉斯性格的写照。不少研究者均从她的诗作、日记和家书中找出了其中的对应关系，尤其是女主人公的恋父倾向和仇母态度，以及住进精神病院和自杀获救等经历，都与普拉斯本人相似。

和书中主人公一样，普拉斯在 1950 年 9 月因为获得奖学金而入读著名的女校史密斯学院。普拉斯的文学天分较高，她

178

是校内文学刊物的活跃分子，并且在当时流行的妇女杂志如《十七岁》等发表短篇小说和诗歌。然而，在醉心文学的同时，她的内心却是苦闷和忧郁的。普拉斯的父亲在大学教生物学，并精于养蜂（普拉斯后来在一些诗中都将蜜蜂作为意象），她的母亲教德语。八岁那年父亲去世对她打击甚大，这不但是她第一次面对死亡，也是她一生的转折点。她变得十分忧郁，对管束甚严的母亲极度仇视，当她的母亲告诉她父亲的死讯时，她竟然说："我不再与上帝通话了。"

由于大学课业出众，普拉斯获得多个奖学金。在大学二年级时，她因为获得写作奖，被纽约时尚杂志《小姐》选中，到纽约担任一个月的客座编辑，这使她首次接触了繁华大都会如梦幻般的生活。然而，回到家里后，她的忧郁症越加严重，出现了精神分裂的症状，最后她母亲把她送进了一家精神病院，她在那里惨受电疗的折磨。《钟形罩》主要就是根据上述那些真实经历，再加上小说化的情节处理写成的。

《钟形罩》描写的自杀经历，发生在主人公（也是普拉斯）20 岁的时候。普拉斯后来在几首著名的诗作中，都提到她的自杀经验。在《女拉撒路》那首诗中（普拉斯后期的诗作，用她的话说，是要听着感受的。她在 BBC 朗诵这首诗和后面的《爹地》，有着一股敲问灵魂的铿锵之声，令人不期然地跟着她的调子转），她写道：

《女拉撒路》（节译）

Lady Lazarus

我又得再做一次了。

I have done it again.

每十年都得做一次

One year in every ten

由我来安排——

I manage it——

像活生生的奇迹，我的皮肤

A sort of walking miracle, my skin

光亮如纳粹的灯罩，

Bright as a Nazi lampshade,

我的右脚

My right foot

是块纸镇

A paperweight,

我的脸毫不突出，像一块

My face a featureless, fine

平滑的犹太麻布。

Jew linen.

把餐巾拿掉

Peel off the napkin

噢我的仇敌。

O my enemy.

我那么骇人吗？——

Do I terrify?——

鼻子，眼窝，整副的

The nose, the eye pits, the full

牙齿？

set of teeth?

酸腐的气息

The sour breath

过一天就会消逝。

Will vanish in a day.

快了，快了，被坟穴吞噬

Soon, soon the flesh

的肉身

The grave cave ate will be

将重返我身	At home on me
我是一个含笑的女人。	And I a smiling woman.
我才三十岁。	I am only thirty.
但像猫一样可死九次。	And like the cat I have nine times to die.
这是第三次了。	This is Number Three.
这一大堆废物	What a trash
每十年都得清除一次。[1]	To annihilate each decade.

关于普拉斯的自杀，历来有两种说法：一是她的死意已决，二是她还是希望获救。艾佛瑞兹倾向于第二种说法，根据他的描述，普拉斯在种种阴差阳错之下延误了救护，才没能救活过来：

要是事情的发展没有那么多巧合——如果瓦斯没渗透下去，楼下邻居应该就能起来帮打工的女孩开门——毫无疑问地，她一定会被救活。我认为她其实希望被救活，否则何必留下医生的电话号码？和十年前不同的是，现在她有太多的牵挂让她走不开。首先是她的两个孩子，她对他们的热爱，使他们无法失去彼此，再来，她现在明白她拥有优异的创造力，使她每天诗作源源不绝，而她也终

---

[1] 由本书作者译自英文原著。

能再进行一部可以尽情发挥的小说。[1]

死亡是一种仪式

　　普拉斯在 1956 年获奖学金去英国剑桥留学时认识了当时的英国新锐诗人休斯，两人很快就坠入情网，并闪电结婚。他们的婚姻关系维持了 6 年，其间生了一对子女，大女儿在普拉斯自杀时只有 2 岁，儿子更是只有 13 个月大。1962 年普拉斯因发现休斯与一个女性朋友有染而与之分居，她独自带着儿女，同时埋首创作，最后在新居中开煤气自杀。（和休斯通奸的女子后来自杀，死前更是把跟休斯生的儿子杀死了。）

　　在最后的那段日子中，普拉斯感到十分绝望，但同时她的创作力却无比旺盛。艾佛瑞兹是那段时期和她谈得最多的朋友，她常常在他面前朗读新写的诗，其中包括《女拉撒路》和《爹地》两首诗的初稿。他回忆道：

　　　　纵使外表看起来朝气蓬勃，但她仍旧寂寞、易感且不加以掩饰；纵使她的诗蕴含能量，但不论以何种标准来看，也都还带点细致精微的为表现而表现的暧昧。在诗里，她心无旁骛地面对自身的恐惧，而为此

[1] 艾尔·艾佛瑞兹：《野蛮的上帝——自杀的人文研究》，王庆蘋、华宇译，心灵工坊，2005。

182

所投注的心力与伴随而来的风险，对她就像兴奋剂一样：情势越恶劣她写得越直接，想象力也越丰沃。就像灾难最终来临时，结果往往会证明事情并没有、也不会如我们原先想象的那么糟一样，她现在写来更加肆无忌惮、流畅敏捷，有如要阻断即将到来的恐惧。其实这是她生命中一直在等待的时刻，现在这一刻已经来到，她知道她该好好把握。"毁灭的激情，同时也是一种创造的热情。"19世纪俄国虚无主义代表诗人巴枯宁曾经这么说过，对西尔维娅而言，这是真的。她将愤怒、难以平息的怨怼、对苦痛的极度敏感，转化为一种庆典的仪式。[1]

在《女拉撒路》和《爹地》两首诗中，这种"庆典的仪式"是十分明显的。在前面引述过的《女拉撒路》中，普拉斯把自杀写得美妙动人，认为这是令她再生（复活）的前奏。诗中所描述的自杀情景，正是《钟形罩》中的自杀过程，也即她于1953年亲身体验过的了结自己生命的仪式。她把自己后来奇迹般地获救当成自己的再生（复活），把自杀说成是由死至生的必由之路："死去／是一种艺术，和其他事情一样／我尤其善于此道／我使它给人地狱一般的感受／使它像真的一

[1] 艾尔·艾佛瑞兹：《野蛮的上帝——自杀的人文研究》，王庆蘋、华宇译，心灵工坊，2005。

样／我想你可以说我是受了召唤。"[1] 就是通过这种由死亡过渡到新生的期望，普拉斯让人看到，她如何把死亡看成一种仪式，一种由生到死，又由死亡到再生（复活）的仪式。而在普拉斯的这种新生仪式中，用作祭礼的，是她的父亲，或者是父亲形象的男性，包括她那个离异的诗人丈夫休斯。在《爹地》那首诗中，父亲／丈夫形象成了祭礼中的牺牲品，两个形象重叠在一起，只有父亲／丈夫死亡，自己才能获得重生：

《爹地》

你没有用了，你没有用了
黑色的鞋子，再没有用
在里面我犹如一只脚
活了三十年，苍白而可怜，
不敢喘息也不敢打喷嚏。

爹地，我不得不杀掉你。
你在我要杀你之前早死了——
沉重得像大理石，满满的装
着神，
如长着一只灰白脚趾的恐怖
雕像

Daddy

You do not do, you do not do
Any more, black shoe
In which I have lived like a foot
For thirty years, poor and white,
Barely daring to breathe or
Achoo.

Daddy, I have had to kill you.
You died before I had time—
Marble-heavy, a bag full of
God,
Ghastly statue with one gray
toe

---

[1] 由本书作者译自英文原著。

巨大如旧金山的海豹
（＊普拉斯父亲在旧金山做昆虫研究）

头颅深藏于怪异的大西洋底下，
它长出来的茂密的青绿淹没着海蓝
在瑙塞特港外那片美丽的水域。
我常祈祷能把你重新找回来。
呃，你啊。
说的是德语，生于波兰小镇

那个已被滚轧机碾平的小镇，
是战争，战争，战争。
但小镇的名字实在平常。

我的波兰籍朋友

说这种名字的小镇有一两打。
所以我永远说不清楚
你的根在哪里，你去过甚地方，
我永远不能跟你说话。
舌头总是卡住出不了声。

舌头卡在带刺的铁丝网内。
我，我，我，我，

Big as a Frisco seal

And a head in the freakish Atlantic
Where it pours bean green over blue
In the waters off beautiful Nauset.
I used to pray to recover you.
Ach, du.
In the German tongue, in the Polish town
Scraped flat by the roller
Of wars, wars, wars.
But the name of the town is common.
My Polack friend

Says there are a dozen or two.
So I never could tell where you
Put your foot, your root,
I never could talk to you.
The tongue stuck in my jaw.

It stuck in a barb wire snare.
Ich, ich, ich, ich,

185

我总是难以发声。

我觉得每个德国人都是你。

而那语言很脏

火车开动，火车开动

嚓嘎声中把我像犹太人般打发掉。

打发到达豪、奥斯威辛或贝尔森。

我变得像犹太人一样说话。

我觉得最好还是做个犹太人。

蒂罗尔的雪，维也纳的清啤

不是那么纯那么真。

我吉卜赛的血统和我诡异的运道

再加上我的塔罗牌，我的塔罗牌

我真可能有点犹太血缘。

我一直都害怕你，

你那像德国空军的蛮横的腔调。

你修剪齐整的胡子

I could hardly speak.

I thought every German was you.

And the language obscene

An engine, an engine

Chuffing me off like a Jew.

A Jew to Dachau, Auschwitz, Belsen.

I began to talk like a Jew.

I think I may well be a Jew.

The snows of the Tyrol, the clear beer of Vienna

Are not very pure or true.

With my gipsy ancestress and my weird luck

And my Taroc pack and my Taroc pack

I may be a bit of a Jew.

I have always been scared of you,

With your Luftwaffe, your gobbledygoo.

And your neat mustache

186

你的亚利安眼睛，明澈湛蓝。
装甲兵，装甲兵，哦，你——

不是上帝而是一个纳粹党徽
黑压压的透不出一丝天空。

每个女人都崇拜一个法西斯，
脸上像黑色的皮靴，畜生一样
像你长着畜生一样的兽心。

你站在黑板前面，爹地，

在我保存着的那张照片里，
一道裂痕长在下巴而非脚上

但魔鬼始终是魔鬼，绝不逊于
那黑衣男人

他把我那娇红的心咬开两半。
我十岁时他们埋葬了你。
二十岁时我试图一死了之
回到你那里，回到，回到你
那里。
哪怕你只剩下一堆白骨。

And your Aryan eye, bright blue.
Panzer-man, panzer-man, O
You—

Not God but a swastika
So black no sky could squeak
through.

Every woman adores a Fascist,
The boot in the face, the brute
Brute heart of a brute like you.

You stand at the blackboard,
daddy,

In the picture I have of you,
A cleft in your chin instead of
your foot

But no less a devil for that, no not
Any less the black man who

Bit my pretty red heart in two.
I was ten when they buried you.
At twenty I tried to die
And get back, back, back to
you.
I thought even the bones would
do

但他们把我从尸袋拉出来，

用胶水把我粘合成一个整体。

于是我明白该怎么做。

我把你做成模型，

一个黑衣男人带着《我的奋斗》的表情

以及喜欢使用拷问架和螺丝。

我只有说愿意，愿意。

所以爹地，我终于告别你了。

黑色的电话线被连根拔掉，

声音就是无法爬越过去。

如果我杀掉一人，即杀掉两个——

也杀掉声称是你的僵尸

他啜饮着我的血已有一年，

是7年了，如果你真想知道。

爹地，你现在可以重新躺下了。

But they pulled me out of the sack,

And they stuck me together with glue

And then I knew what to do.

I made a model of you,

A man in black with a Meinkampf look

And a love of the rack and the screw.

And I said I do, I do.

So daddy, I'm finally through.

The black telephone's off at the root,

The voices just can't worm through.

If I've killed one man, I've killed two—

The vampire who said he was you

And drank my blood for a year,

Seven years, if you want to know.

Daddy, you can lie back now.

你肥大的黑心中钉着一根木桩	There's a stake in your fat black heart
村民们从没有喜欢你。	And the villagers never liked you.
他们在你身上跳舞踩脚,	They are dancing and stamping on you.
他们一直知道那就是你。	They always knew it was you.
爹地，爹地，你这混蛋，我告别了。[1]	Daddy, daddy, you bastard, I'm through.

"杀死"父亲与丈夫

普拉斯执意"杀死"父亲，既和丈夫有外遇有关，也显现出她很想把自己从自怜和自虐的深渊中抽出来，摆脱父亲形象纠缠的决心。作为诗人，她通过艺术手段呈现出她的自毁倾向，但又处处显现出她很想自救，摆脱父亲／丈夫的魔掌。"你站在黑板前面，爹地，／在我保存着的那张照片里，／一道裂痕长在下巴而非脚上／但魔鬼始终是魔鬼，绝不逊于／那黑衣男人／他把我那娇红的心咬开两半。／我十岁时他们埋葬了你。／二十岁时我试图一死了之／回到你那里，回到，回到你那里。／哪怕你只剩下一堆白骨。……如果我杀掉一人，即杀掉两个——／也杀掉声称是你的僵尸／他啜饮着我的血已有

---

[1] 根据范静晔译本，本书作者做了一点改正，部分重译。

一年，／是7年了，如果你真想知道。／爹地，你现在可以重新躺下了。"

描述由死亡过渡到新生的内容，是我在许多文学创作者身上看到过的，但是像普拉斯一样，血淋淋地把自己也作为仪式中的一件牺牲品的人，却不多见。通过小说《钟形罩》以及诗作《女拉撒路》和《爹地》等，普拉斯向我们呈现了由死亡通向重生的过程，以及她是如何把个人的痛苦转化为艺术品的。她的语言铿锵有力，像勾魂夺魄的呼号，让读者随之走进她那个私密的世界，看着她受苦和受煎熬。

从普拉斯逝世前所写的诗中，我们看到她"更加肆无忌惮、流畅敏捷有如要阻断即将到来的恐惧"，并且"将愤怒、难以平息的怨怼、对苦痛的极度敏感，转化为一种庆典的仪式"。(《野蛮的上帝》)和父亲逝世时一样，她再次有一种被遗弃的感觉。第一次感到被遗弃是在她8岁那年，父亲的死亡让她感到深深的孤寂；第二次她感到被遗弃，是20岁那一年，她想要摆脱父亲的灵魂对她的纠缠而自杀，但幸而获救；第三次感到被遗弃，是她与出轨的丈夫离异。她的自杀，是要杀掉她心中的魔鬼——父亲和丈夫的重像。在她看来，只有杀掉父亲／丈夫，她才能重生，才能找到她自己的生命——艺术的，诗的生命。

正如前面说过的，《钟形罩》虽然描写的是普拉斯20岁时的自杀经历，但它和普拉斯10年后自杀身亡的事件有着不可分割的联系。《钟形罩》写成到出版的时期，是普拉斯的人生陷入最低潮的时期，她因为诗人丈夫休斯另有新欢而与其分开，独自带着年幼的女儿和襁褓中的儿子生活。不过，那段时期也是她创作力最旺盛的时期，不少后来著名的、广受好评的诗作，都是在那个时候写成的。

流行小说与严肃文学

在 21 世纪的今天重读普拉斯的小说，是一个很好的体验。普拉斯自杀后，《钟形罩》便立即成为畅销书，出版商在第二版时就把作者的名字改回了普拉斯。不过，美国读者到 1971 年才等到了美国版本的出现。书出版后，批评家各有说法，不少"严肃"的批评家认为，小说写得不怎么样，像一般的流行小说，只是因为作者自杀的传奇故事，才让小说变得畅销。然而，随着研究者的增多和女权运动的兴起，以及女性主义和文化研究等研究进路日益受到关注和重视，批评家对《钟形罩》已有了不同的评价。尤其是有关普拉斯的资料陆续出现，给研究《钟形罩》带来了许多新观点。

自 20 世纪 70 年代以来，有关普拉斯的研究陆续出现，传记也出了好几本。由于她于 1963 年 2 月 11 日自杀前没留下遗言，因而她所有作品的版权，都由对她不忠的丈夫休斯及其姐所拥有。而休斯在其后出版普拉斯的诗集和日记时，竟然做了许多删减，甚至还宣称普拉斯逝世前两年最重要的日记已经销毁或不见了，因此引来许多非议。再加上姐弟俩对普拉斯传记作者的诸多要求，使得有关普拉斯的研究也受到了阻挠。（据后来的研究者指出，休斯生前因为需要还债，所以把普拉斯的手稿及资料都卖给了美国一家大学，有些被休斯删掉或隐瞒的文字才得见天日。）

《钟形罩》是不是流行言情小说，它和女权与女性主义的兴起有什么关系，它和文学批评的传统与革新有哪些冲突，这些都是值得研究的问题。因此，在21世纪的今天重新展开讨论，便极富意义。

在受新批评传统影响的20世纪60年代，《钟形罩》被人批评最多的是其艺术手法。他们认为，普拉斯的诗人触角无疑是敏锐的，但其小说写得比较零碎，《钟形罩》只是讲了一个女大学生在成长过程中的内心冲突和矛盾，说不上是一部上乘的文学作品。有些比较刻薄的评论更是说，《钟形罩》的流行是作者用自杀换来的。部分偏向于作品文化和政治内涵的评论者认为，《钟形罩》在文化和政治上没有提出什么深刻而又值得反思的见解，整篇小说不过是描写年轻女大学生的苦闷。这些评论家都认为普拉斯的诗深具文学价值，但《钟形罩》的成就却不及她的诗，而只是一部流行言情小说。

虽然毁誉参半，《钟形罩》多年来仍然是大学校园的畅销书。1971年该书在美国出版后，曾连续占据《纽约时报》书评版的畅销书榜达 28 周之久。然后，每隔一段时间，有关普拉斯的新资料出现时，例如新的诗选集、日记和新的传记出版时，《钟形罩》这部描写她自杀的自传体小说就会再次成为话题，从而带动销量。

由于有关普拉斯的资料越来越多，因此今天的评论者看《钟形罩》已跟 20 世纪六七十年代时不一样了。首先，作者为什么一开始就讲罗森伯格夫妇坐电椅行死刑的事；其次，作者写女大学生在 20 世纪 50 年代的美国生活有什么意义；最后，小说的叙述技巧和人物安排配置，有什么特殊的目的。

要回答第一个问题，我们必须回到当时的社会背景。20 世纪 50 年代是麦卡锡反共恐怖主义时期，也是冷战气息笼罩知识界的时期，罗森伯格夫妇就因为是共产党而被控叛国罪，最后被送上了电椅。这种令人窒息的气氛，普拉斯在小说一开始就点了题，极权的控制、思想的不自由、死亡和新生都由第一段开始，并贯穿整部小说。

在这样的气氛下，一个知识女性应该如何自处，是像电视广告宣传的女性形象一样，做一个称职的、善于相夫教子的家庭主妇，还是打碎这种"美国梦"，做一个独立自主的女性？

普拉斯是在 1961 年开始写作《钟形罩》的，距离 20 世纪 50 年代初期差不多已过了 10 年。当时普拉斯已看了 D.H. 劳伦斯和伍尔夫的大部分作品，美国的塞林格（J. D. Salinger）

也出版了《麦田守望者》（台湾译作《麦田捕手》），一部描写男大学生青春期的矛盾、苦闷与彷徨的作品。普拉斯的小说借鉴了这些作品，同时又把她自己的生活，以及关于死亡与重生（复活）的主题放了进去。劳伦斯的小说以男女关系反映了工业文明如何压抑人的本能和欲望，并使人的生命能量枯竭的问题，从而呈现出现代人思想上的荒原；伍尔夫用小说冲破女性的牢笼，走出自己的房间；塞林格在《麦田守望者》中以青春期的躁动展现了美国社会的众生相，这些都可以从普拉斯的《钟形罩》中找到痕迹。

《钟形罩》的叙述结构，也让人想到陀思妥耶夫斯基小说中的双重人格（the double），以及人物之间的对比与象征。事实上，普拉斯的毕业论文研究的正是陀思妥耶夫斯基小说中的双重人格，她把《钟形罩》中女主人公的双重性格分配给两三个人物，并不是出奇的事。在小说中，作者将埃斯特的纯洁和自困于传统价值观与一同到纽约实习的女大学生多琳那种自由自在、放荡不羁的生活方式进行对比，以及小说安排的通过一个同学琼恩的自缢以换取埃斯特的重生等等，这些都显示出作者处理人物的深意。而"钟形罩"这一意象，来自埃斯特在她男朋友巴迪就读的医学院里看到的、盛着死去胎儿的钟形玻璃瓶，这些都与书中死亡和重生（复活）的主题有关。此外显而易见的是，"钟形罩"还象征着社会中被男性禁闭、抑制着的女性姿态。

上述评论角度，正反映出《钟形罩》超越了一般的流行言情小说，这也是近年来不少批评家对《钟形罩》日益重视的原因。当然，正如前面所提过的，普拉斯越来越多的资料的公开和重现，使得对《钟形罩》的创作动机和写作手法的研究有了更多的新发现，也增加了阅读这本小说的乐趣。

后记

重读《钟形罩》，也使我看到了文学批评潮流的改变如何影响人们对一篇作品的评价。20世纪40至70年代，新批评方法几乎垄断了整个文学批评话语，许多批评家只着眼于作品的"文学性"，而他们所说的"文学性"，只是一种语言和形式的游戏。对以平实手法写成的作品，他们连看一眼的耐心都没有就将其丢开了。直至各种新的批评理论——例如女性主义、后结构主义、后殖民主义，以及巴赫金的对话理论出现后，那些从前被忽视或被贬低的文学作品才重新受到重视。这种新批评话语霸权，目前在欧美国家已失去了市场，甚至已有不少评论家以批判的姿态，通过福柯知识考古学的方法重新审视新批评的谬误。有机会的话我也希望把这些新观点向香港读者介绍。

作者按：图片来自诺贝尔文学奖官方网站。

1986 年诺贝尔文学奖由索因卡获得的消息公布时，索因卡（Wole Soyinka，1934—）正在巴黎。他刚于前一天晚上从纽约飞来，参加由他担任主席的国际戏剧研究会的一个会议。当瑞典电视台的记者问及他对获奖的感受时，他这么说："我怎么也想不到这个奖是颁给我个人的。那是颁给我所代表的一切——我是整个非洲文学传统的一部分。这个奖也是给我的那些非洲同行，他们是同样有资格获奖的。我是他们所生活的整个现实中的一分子，所以，我很难把诺贝尔文学奖视为给我个人的一项荣誉。"索因卡这段话也许是自谦之辞，但似乎也接近事实。如果索因卡不是生于黑色非洲，就算他的文学成就异常出众，要获得瑞典科学院评选委员的垂青，也并非易事。然而，反过来看，如果从非洲 20 世纪现代文学发展的角度来检视索因卡的文学成就，索因卡的得奖，也说得上是实至名归的。因为，他的戏剧创作不但在非洲现代戏剧史上举足轻重，而且跟世界许多一流大师比起来也毫不逊色。

　　索因卡获得诺贝尔文学奖时 52 岁，还在伊巴丹大学求学时，他便已经发表不少受人注目的现代诗。1954 年他 20 岁时，转到英国利兹大学攻读文学，毕业后在伦敦的皇家宫廷剧院任职剧本编审，并开始创作以尼日利亚生活为背景，但以现代戏剧手法表现的话剧。

20世纪50年代的皇家宫廷剧院，可说是英国现代剧作家的摇篮，许多著名的现代剧，都在这里首演。约翰·奥斯本的《愤怒的回顾》（1956）、威斯克的《威斯克三部曲》（1958至1960）以及贝克特的一些作品，都是索因卡在皇家宫廷剧院任职期间演出的。

索因卡于1960年返回尼日利亚，在英国6年的生活，可说是他的文学事业哺养期。在戏剧方面，20世纪50年代席卷欧洲的现代主义剧场，使他大开眼界；在诗和小说方面，艾略特、奥登、乔伊斯等前卫作家的作品，也使他耳目一新。在他后来的作品中，无论是戏剧、诗或者小说，都离不开20世纪50年代的经验留给他的影响。

20世纪50年代之前的尼日利亚，在文学创作方面可说异常贫弱，用现代主义的文学技巧表现当代题材的，更是凤毛麟角。在这块英国的殖民地上，黑色非洲作家仍然以其固有的文学传统——口传文学去表达他们的思想感情。他们的诗是直接而单纯的，他们的戏剧仍然是宗教或节庆仪式的表现，他们的小说大都写一类直陈己见的短篇习作，长篇小说则刚刚开始出现。

说尼日利亚的现代文学是在文学杂志《黑色奥菲士》的带动下发展起来的，相信并不为过。《黑色奥菲士》于1957年由伊巴丹教育部创办，主要刊登非洲当代作家的创作及评论。它的其中一个特色是提倡和鼓励现代主义的作品，尤其在诗歌创作方面更是如此。被称为尼日利亚"四大诗人"的奥卡拉（Gabriel Okara）、奥格勃（Christopher Okigbo）、克拉克（John Pepper Clark）、索因卡，其早期作品便大多发表在《黑色奥菲士》上面。

索因卡的早期诗作，明显受了现代英国诗的影响，尤其受了艾略特诗风的影响，这可在他的一些作品如《电话上的谈话》《安魂曲》《黎明的死亡》中得到引证。然而，这只是形式上受到影响，在内容和题材选择上，索因卡所关注的，却是发生在其国家的现实问题，如种族偏见、政治压迫等。而在内容和形式的配合上，他更是把外来的影响融入他要表现的主题，建立了自己的独特风格。

索因卡虽然在诗歌创作方面成绩卓越，但是他的最大成就，还是在戏剧创作方面。在尼日利亚现代文学的发展中，戏剧可说是最弱的一环。索因卡从伦敦回来时，尼日利亚的戏剧还停留在民间歌剧的传统领域。于是他组织了一个"1960年假面剧团"，专门上演自己创作的现代剧和本国一些民间歌剧。他在伦敦创作及演出的《沼泽地的居民》《狮子与宝石》和特别为尼日利亚独立日（1960年10月）而写的《森林之舞》，就由他自己的剧团上演。后来他又创办了专业的"奥里森剧团"，在物质条件缺乏的情况下演出了他自己和其他当代剧作家的新作，对推动非洲现代戏剧的发展，可说不遗余力。

早在其最初的两部剧作《沼泽地的居民》（1958）和《狮子与宝石》（1959）中，索因卡就显出其不凡的戏剧才华。《狮子与宝石》是一部幽默风趣的喜剧，但寓意深长，令人回味。剧本探讨的是新旧对比的问题，旧的腐朽的东西在面对新的生活时所做的顽强抵抗，反映了索因卡对旧传统——例如宗法制——阻碍新生活发展是极端反感的。在形式上，《狮子与宝石》也反映了索因卡后来持之以恒的创作特色：把非洲的传统文艺和现代主义剧场的手法结合起来，创作出既富有现代意识，又表现非洲人生活和文化的戏剧。非洲伊巴丹族的传统习俗如结婚和宗教仪式，在这个剧本里不是单纯作为民俗展览，而是作为整个剧本的有机组成部分，帮助剧作者刻画一个不轻易死亡、顽固地存在的古老制度。

同样是喜剧，《沼泽地的居民》的调子则比较沉静，其中蕴含的对社会不满的态度随处可见。这种类似黑色喜剧的创作手法，在这里开其端，后来成了索因卡剧作的一个主要特色。

在《沼泽地的居民》中，索因卡一方面对非洲传统的价值观念提出质疑，另一方面又对西方殖民主义思想的介入做出反省和批判。作为受过西方现代主义洗礼的作家，对于旧传统和新事物的态度，他自有一套跟他的非洲同代人不同的看法。

他不能容忍愚昧落后，但是对于宝贵的民俗传统，他仍然珍惜；他对西方殖民主义在非洲的根深蒂固甚为反感，但是对西方一些促进社会前进的因素，他仍然勇于接受。于是，怎样在新和旧之间取舍，怎样把新和旧、传统与现代融为一体，便成了他后来的戏剧探索的主题之一。《森林之舞》（1960年）便是最能反映他这种探索精神的一出戏，这是索因卡为庆祝尼日利亚独立日（1960年10月）而创作的，剧本明显地质疑非洲人民过去是否真有什么"黄金时代"。从某一意义来说，这个剧可说是索因卡对他同时代的一些作家所下的战书。因为20世纪50年代以来，非洲许多作家渐渐感觉到自己的民族将从殖民主义的桎梏中解放出来，他们不遗余力地缅怀非洲曾经有过的黄金岁月，在作品中把过去的非洲描绘成没有冲突、没有矛盾的世界。然而，索因卡却反其道而行，他通过《森林之舞》评述了非洲过去几百年的历史，指出今日人们所遇到的问题和冲突早已经存在于历史中，开创新路时，如果不重视过去的缺点，到头来将一事无成。

《森林之舞》的主题虽然很清楚，但在形式上，却是非洲戏剧史上少见的一部大胆创新的杰作。索因卡借用非洲民间宗教和神话剧的一些特点——死魂灵、女巫、林神、河神在全族节庆之日聚会，想要知晓自己的国家过去是怎样的，并且希望看到曾经有过的光荣和伟大的事迹。接着，舞台布景从现代转到古代：极权的暴君、残酷的奴隶主、贪赃的官吏、被压迫的小人物，所有过去的事情，与今日的社会竟如此相似。因此，过去既不伟大，也不光荣，今日的社会如果重蹈覆辙，也同样不见得光荣伟大。非洲的民间传统、民间音乐、舞蹈，结合现代主义的创作手法，使得《森林之舞》成为一出形式荒诞不经，但内容寓意深刻的现代剧。其象征之丰富，是非洲戏剧史上所罕见的。而索因卡也因为这个剧作，不但让国内批评家刮目相看，也受到欧美评论界的交口称誉。

索因卡在《森林之舞》中因为大胆运用舞台特性而取得成功，所以在后来的剧作中，他仍然沿着这一条在西方称为现代主义荒诞剧的创作路线，表现当前非洲社会一些荒谬怪诞的事件，并表现他对现实政治的不满情绪。他后来的作品有《强种》（1964）、《孔其的收获》（1965）、《路》（1965）、《疯子和专家》（1970）。《孔其的收获》和《路》便延续了上述几个剧的风格，虽然在形式上各有取舍，但仍然能够反映索因卡传统与现代结合的创作手法，和他对当前政治和社会的关注。前者是一部讽刺喜剧，尖锐地批评了某些非洲国家统治者和恶霸目无法纪的行径；后者则以贝克特式的荒谬处境，探讨了在这样一个胡作非为的社会中的生存意义，并对现实中的种种不平现象做出责难。

《路》之后，索因卡来不及创作新剧，就在尼日利亚内战爆发（1967年）期间，因为同情反政府军而被投入狱，被关了二十二个月才获释放。出狱之后他发表的剧作《疯子和专家》（1970），在形式上更为荒诞，而在内容上则对现实政治抱有比以前更悲观的情绪。后来的《死亡与国王的侍从》（1975）与1985年的《未来学家的挽歌》，态度仍然一样，在不同层面反映出他对非洲政治现实的不满情绪。1983 年他曾这样说过："自从《森林之舞》对把非洲过去的所谓黄金时代夸大其词者冷嘲热讽之后，我就好像在这个政治的森林中跳着死亡之舞一样。"这句话足以概括他的剧作在尼日利亚政府的眼中处于何等地位，也足以反映他在尼日利亚的处境。也许，诺贝尔文学奖能够令他泰然地继续其创作生涯吧。

附：索因卡简介

沃莱·索因卡，非洲尼日利亚当代著名剧作家、诗人、小说家，出生于尼日利亚西部约鲁巴族一个教会督学的家庭。1954 年赴英国留学，毕业后在伦敦宫廷剧院任剧本编审。1960 年回尼日利亚周游全国，研究非洲民间文艺，融合于他在西方剧场学到的现代戏剧创作技巧。1967 年尼日利亚内战期间，他因同情反政府军而被投入狱，被关了二十二个月才获释，出狱后出版了《狱中诗抄》（1969）、《此人已死：狱中笔记》（1972）两部描写狱中生活的著作。1972 至 1976 年间，他住在美国及欧洲从事创作和教学。1980 年出版了他的童年回忆录《阿凯：我的童年时光》。索因卡现为美国康奈尔大学访问教授。

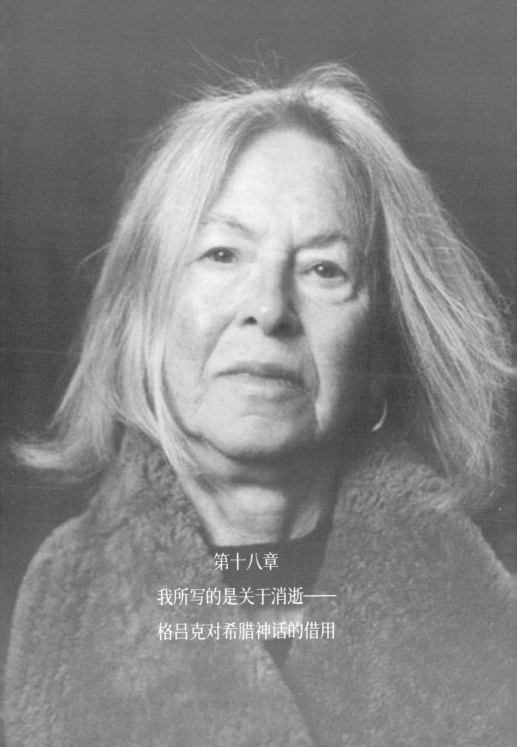

第十八章

我所写的是关于消逝——

格吕克对希腊神话的借用

作者按：图片来自诺贝尔文学奖官方网站。

自 1948 年艾略特获诺贝尔文学奖殊荣之后，美国诗人基本上与此奖无缘。几年前（2016）颁给鲍勃·迪伦，严格来说也不是给了一个美国诗人。这次给格吕克（Louise Glück，1943—），质疑声还是有的。至于那些对诺贝尔文学奖不抱期望的人，更觉得给了谁都无所谓。事实上，健在的诗人，如今在世界文坛上都不如欧洲诗人般受重视。在西方文评家眼中，欧洲诗始终技高一筹，而习惯反映欧洲文学品位的诺贝尔文学奖，有史以来已颁给四十余位诗人（有的身兼小说家和散文家），但美国只有艾略特和格吕克得奖。

　　从血统看，格吕克也是欧洲族裔。由于这样的欧洲血统，希腊神话在其童年时期便刻印在了她的幼小心灵上，后来更成为研究其诗作必不可少的背景知识。

　　读格吕克的诗，总让人想到普拉斯，在美国文学评论界，有些人更是把格吕克与普拉斯相提并论。格吕克获得诺贝尔奖后，《纽约时报》第一时间访问她，其中便问道："有些人把普拉斯和你比较，形容你的诗是忏悔式的和内省的，在你的作品中，多大程度上利用了你的自我经验，来反映人生经验中的永恒主题？"

　　格吕克没有正面回答有关普拉斯的问题，但她的回应便让人想到普拉斯的诗。她说："人总是利用自己的生活经验，因为这是实实在在地从童年开始的体验。但我追索的是可以作为原型的经验，而我觉得，我的挣扎和欢乐不是独一无二的。……我感兴趣的，只是人的挣扎与欢愉，因为人生下来就注定被迫离开这个世界。我认为，我所写的是关于消逝，因为当我在孩童时代发现不能永远拥有时，这对我是一个很大的打击。"

这段话几乎可以用来解释普拉斯的特质——当然也是格吕克的诗的特质。两者同样来自个人年轻时的内在经验省思，把自己的心剖开，一瓣一瓣地放进自己的诗里面。普拉斯的诗中，希腊式的祭神仪式以及《圣经》中的一些隐喻，与格吕克借用希腊经典人物原型和圣经故事有异曲同工之妙。利用诗歌的借喻剖白自己的内心世界——童年时期便开始与母亲的对立与冲突，从而揭示成长过程中的郁结与苦闷，正是格吕克与普拉斯接近的地方。

凑巧的是，普拉斯在青年时期曾经被母亲送进精神病院，而格吕克十六七岁时也因厌食症进医院治疗抑郁症。两个美国女诗人的相似性，其实跟美国传统诗风有着极其重要的传承关系。美国现代诗的传统始自惠特曼，其自由体诗风使英语诗从十四行诗的束缚中解放出来。到 20 世纪五六十年代，随着"垮掉的一代"（Beat Generation）的出现，诗人对世界的反抗和反叛，成了美国现代诗的重要元素。同一时期也有像普拉斯这样的诗人，追随着自己的内心世界，投射出对自身和家庭的反叛心态。而格吕克正是在这种传统下成长起来的诗人。像普拉斯一样，她的反叛性不是面向社会，而是面向自我和在她成长过程中伴随着她的母亲（或母亲的形象）。和普拉斯一样，她后来的诗也触及不和谐的婚姻，也同样表现出对人世的无助，并且从希腊神话原型和《圣经》中找寻灵感。

格吕克借着希腊神话中母亲和父亲的原型，把她童年所感受到的一些被夸大的悲惨景象通过诗句表达出来，例如在《阿弗尔诺》（*Averno*，2006）这本诗集中，珀耳塞福涅、得墨忒尔和哈得斯三个希腊神话原型，便给她提供了写作灵感。她在接受访问时提到，她是从早年的记忆中寻求写作题材或灵感的。她的父母在她小时候就给她看希腊神话图书，之后她就不断读这类书。孩童时期读着那些希腊神话中的天神和英雄故事，她觉得是如此栩栩如生。尤其是珀耳塞福涅对她影响甚深。（珀耳塞福涅，希腊神话中冥界的王后，主神宙斯和农业之神得墨忒尔的女儿，冥界之神哈得斯的妻子。）在从事诗歌创作的 50 余年来，她不时把珀耳塞福涅的原型放进诗里面，隐喻她与回忆和内心世界的自我挣扎。她认为，珀耳塞福涅的神话故事在许多方面都给她一种挣扎原动力，其中表现了她对母亲的反抗与不满。（在神话原型中珀耳塞福涅的母亲得墨忒尔，也同时在她的诗中出现。而场景则设在冥界。）在她的诗中，往往可看到希腊神话原型幻化成诗中的人物。作者将其以自传式的手法融入诗句，以重写或改写方式赋予其新的意义。这些神话典故，帮助她完成了自我省思的转化，尤其使她通过借用自己的经验，展示当代女性的命运，从而引起读者的共鸣。

例如，在《草场》一诗中，格吕克以《荷马史诗》中的奥德修斯和佩涅洛佩夫妇关系破裂的爱情故事，影射面临解体的现代婚姻——这是她自身经验的转化。诗集《新生》更借用了但丁诗集的名字：*Vita Nova*（新生，但丁在《新生》中描绘其恋人来自天国，死后灵魂升天，得到新生）。这一诗集中处处可看到但丁的影子，而天国与地狱的意象更是在她有关爱情题材的作品中不时出现。

附：格吕克简介

格吕克，1943 年 4 月 22 日生于美国纽约，其祖父母是匈牙利籍犹太人，早期移民到美国。她生长在一个文化氛围浓厚的家庭，自少浸淫在《圣经》和希腊神话故事中。中学时期患了厌食症，其后接受精神分析治疗，甚至因此不能正常上全日制大学，因而在 20 岁时转去修读哥伦比亚大学普通教育学院的一个诗歌工作坊。1963 年到 1965 年她加入哥伦比亚大学普通教育学院的诗歌工作坊，开始了诗歌创作之门。之后格吕克长期在大学教授诗歌创作，可说桃李满门。

1968 年格吕克首部诗集《头生子》（*Firstborn*）出版，颇获好评。1971 年进佛蒙特州的戈达德学院教授诗歌创作。她第二本诗集《沼泽地上的房子》(*The House on Marshland*) 于 1975 出版，评论者认为她找到了自己独特的声音。之后出版作品包括:《下降的形象》(*Descending Figure*，1980)、《阿勒山》(*Ararat*，1990)、《野鸢尾》(*The Wild Iris*，1992)、《新生》(*Vita Nova*，1999) 和《七个时期》(*The Seven Ages*，2001)、《阿弗尔诺》(*Averno*，2006) 等。其中《野鸢尾》获得普利策奖，让她声名大噪，奠定了她在美国诗坛的地位。

附录

古尔纳谈小说创作

作者按：图片来自诺贝尔文学奖官方网站。

2021 年诺贝尔文学奖授予坦桑尼亚作家古尔纳（Abdulrazak Gurnah，1948—），许多人都认为是近年诺贝尔文学奖的一个大冷门。他的十部小说虽然都以英语写作，但是除了两个早期的短篇外，没有一部有中文译本，这也是近年中国出版界的一个异数，因为不少诺贝尔文学奖作家或多或少有一两部中文译作。

　　英语世界把古尔纳视为第五个非洲获奖作家是不准确的，因为非洲大陆分为东西南北四个大区块，南非与西非迥异，东非与北非也有所不同，中间包含了好多国家。正如北美与南美作家不能混为一谈，美国与阿根廷不能视为同一地区一样。因此，从这个意义上说，古尔纳实为东非（坦桑尼亚）作家获奖的第一人。其他非洲大陆获奖作家分别为索因卡（1986，西非，尼日利亚）、马哈富兹（1988，非洲东北部，埃及）以及出自南非的戈迪默（1991）和库切（2003）。

　　严格区分的话，古尔纳应为英籍作家，但以往惯例都以出生地为标准，所以他应被视为坦桑尼亚作家。正如昆德拉如果获奖，应该称为捷克作家，而不是法国作家。

　　身份界定为什么对古尔纳很重要？因为他的作品与他的归属地的关系很重要。如果不清楚其作品的归属地，对作者在其中的后殖民理论的介入，以及对移民／难民心理行为的深刻探讨就难以进行。

古尔纳总共写了十本小说，绝大部分内容都和殖民者统治下的生活和流散移居等主题有关。诺贝尔文学奖评审委员会主席安德斯·奥尔森公布古尔纳获奖原因时说："他被广泛视为无与伦比的后殖民主义作家之一，不断地以无比的同情心刻画在东非殖民主义者统治下，个人生活被摧残和被迫流徙的命运。古尔纳小说中的人物，在非洲大陆及各种文化，以及在过去和未来的生活之间，总是处于两难境地，一方面面对种族主义的偏见，另一方面又强迫自己对真相禁口，甚或重新虚构个人的历史，以避开真相。"

古尔纳 21 岁时移居英国，其后留在英国读书工作，其工作离不开写作和教书。他的早期三部小说《离别的记忆》（*Memory of Departure*）、《朝圣者之路》（*Pilgrims Way*）和《多蒂》（*Dottie*），都是描写留英非洲人的英国移民生活经验。1994 年入围英国布克奖的《天堂》（*Paradise*）开始深入地处理后殖民主义的问题，小说描述一个住在东非的男孩对殖民主义的恐惧。其后的《赞美沉默》（*Admiring Silence*）则叙述一个离开桑给巴尔的年轻人移居英国后的生活和工作，这个年轻人在英国结了婚，并从事教师工作，是古尔纳初到英国的生活写照。1996 年《纽约时报》一篇书评这样评论《天堂》："闪闪发光的，暗示即将来到的一个寓言。"而《赞美沉默》则技

218

巧娴熟地描绘了一个站在两种文化之间的年轻人的怒火，因为他拒绝接受这两种文化，不想把它们与自己联系在一起。

古尔纳 1948 年生于东非桑给巴尔，1968 年移居英国上学，其后去尼日利亚继续完成余下的两年大学学业，接着回英国肯特大学（University of Kent）取得博士学位，然后留校任教，直至退休。他任教的是后殖民主义文学。除了小说，他还出版了不少学术著作，主题大多有关后殖民主义、印度洋和加勒比海文学，也编选过两部非洲文学评论集。

2016 年，古尔纳出席德国歌德大学"非洲的亚洲选择计划"（AFRASO, Africa's Asian Options）举办的研讨会，其间接受该计划的研究员访问。访问者法比安·罗斯等形容这次访问十分精彩。AFRASO 这个平台所关注的问题，也正是古尔纳的作品所关注的。他不但谈到他写作小说的经验，还谈到有关作家和作品的标签问题，以及回忆的文学处理等等。古尔纳的真诚和他对后殖民文学的解读，让习惯于西方文学标签者大开眼界。他回答访问所表现出来的诚恳和老实的态度，使读者不自觉地就像他的学生一样，听着他循循善诱地以自己为例，分析文学与写作的问题。

古尔纳访问记

问：你对世界文学、后殖民主义文学和南半球文学这些被标签化或被分类的文学范畴有什么看法，你觉得有这个需要吗，重要吗，或者你认为这些标签用来描述你的文学作品有用吗，你认为这些标签是否能描述你是哪一类型的作家？

答：它们当然是有用的。首先，从学术机制角度看，是有用的。人们可以用这种分类来区分不同的学术领域，也可用来做出版物和市场分类，因为这些分类可以提点人们这正是他们感兴趣的东西。然而，我不敢肯定这些标签除了组织架构的目的外，对其自身是否有用。我是不会用这些标签来描述我自己的，因为我不用这些分类来衡量作品的质量和文化产品的生产过程。它们对描述文学，使其更具组织化或许有用，例如把后殖民文学的评论组织起来，集中在一起讨论，认定其中的一些基本原则，从这个角度看是有用的。但从另一方面看，它们却限制了对这类文学作品的诠释，因为这类作品所包含的意义多于被限制了的诠释。

问：那么，你愿意人家称呼你为后殖民文学作家或世界性的作家吗？

答：我不会用这些字眼来描述我自己。我不会叫自己什么类型的作家。事实上，除了我自己的名字外，我不知道还能叫我什么。我猜想，如果有人对我说，你是否某一类型之一？我会视为对我的质疑。我的答案会是：不是。准确地说，我不想我的名字被削去一部分。另一方面，这要看方才的问题怎样提出来，例如，如果一个记者在访问中问我：你是否一个世界性的作家？你想想他之后会怎么写，但我不是世界性的作家，我本人比这个复杂得多。这个形容词有必要吗？在我来说不是必要的。但是对于那位记者，把我的名字钉在记事板上时，加上一句世界性的作家，也许是必要的。显然这样标示简单得多，如果用我的答案却会变得十分复杂，所以他们自然不会用。

问：我们的另一个问题与前一个有很大的关联性，世界文化已分成南半球和北半球的文化，你怎样看待这些标签，尤其是当关联到文学的时候？

答：事实上，这个世界不止南北两极，但看来这是流行的分类法，之前也流行过以第三世界或未发展国家来分类，南和北听起来比后两者温顺一点。然而，这类标签本来是用来描述现实和历史的相异处的，而最后却把殖民主义这个丑陋的词去掉，只以南和北去谈论那些议题。历史上曾以帝国主义归类现今所称的南方和北方，这个词至今仍然沿用，这可能因为殖民者有不同类型，而这些不同类型的殖民者，则统统归类为殖民主义。但我不得不说，殖民主义各有不同，不能一概而论，而南和北，虽然也不完全准确，但也是现今最贴近地用来区分的中性词语了。但不应该把这些词语解释成空间，它们跟态度、理解、期望等词语是互为关联的。你可以说，今天的中国有一些地方跟西方一样富裕，但有一些不是。但这不是说的空间问题。当你置身其中，或会视之为空间问题，但这不是南和北之间，而是在中间和不在中间的那种不确定性的位置问题。

问：你这样说，让我觉得你自视为具有自由意志的人，即把自己视作世界性的人，大写的人。

答：然而，这中间是有很大区别的。比如说，你正过着某种生活，无论你是谁，无论你来自南方还是北方，当你追求的东西不一样时，你的生活也会不一样。在这种文化之下，国家、社会和文化都给予了你一些东西，无论你需不需要，无论你有没有做过什么事情去获得，例如医院、学校、社会福利金等等。在其他国家，人们不会有这些东西，所以两者是那样的不同，而这种不同，就引申出更多东西来，由历史造成的问题所产生的不同社会，他们的日常社会事务如难民危机之类是否有所改变？例如，由南方国家来到德国的人，肯定会改变德国，正如不同国家遇到同类事件都会有所改变一样。我不是说事情总是这样发生，也会有改变的时候。另一方面，一百万难民来到德国，谁会被改变，德国还是难民？所以，这就是我对这个问题的回答：肯定会有某种程度上的改变的。举一个例子，英国首相说，未来难民入境首先要答应马上学习英语。假如这不是问题，那未来的情况就是：他们要来我们这里，首先要像我们一样。

问：对于把世界文学视为当代社会的重要一环这一看法，你有什么见解，你是否认为世界文学的作家要负担某种责任？如果是，你怎样界定这种责任？

答：我不认为这样的分类能令我信服。首先，我会质疑

222

这样分类有什么意义，是否想指出英国、法国和德国文学，或者也包括古典的波斯文学和中国文学甚或其他古老文学，就是说，是否包括了世界上所有文学作品？整体地说，在这个世界上，文学的重要性在哪里？当然，我们现在说的世界文学，对任何人来说都是重要的，因为文学是由人创造出来的，也是人在消费它，并且从中学习。我对世界上的文学认识甚少，所以我说不出世界文学如何如何。举例说，我不懂中国文学，其他一些语言的文学我也不懂，甚至不知道那些语言是否有自己的文学作品。所以，从这个角度看，我不认为世界文学这个词像其他词语一样清晰，例如金钱这个词，我们在日常生活中每天都在用，这是我们生活中的一部分。但是，世界文学不是这样。当然，你可以从书柜中拿出一本书，然后问：你觉得这本书怎么样？但这和世界文学这个词没有必然的关系。世界文学的作用在哪里，要解答这个问题，还得看你如何理解世界文学这个词，因为这个词还有道德的角度和面向。文学在世界上的角色是要推动社会向前，但是这个世界有许多不同类型的社会，其目的也不一样。有人认为作家应该挑战社会中的不同观点。这里说的挑战是有针对性的，例如关于家庭和正确的人生道理，又或者性的道德观念等等。从另一方面看，有人会认为这些都是要大家规行举步，不但不需要，而且具有破坏性。一个作家的角色只能由他的读者决定，要评断对错十分困难，只有交由作家自己做主。

问：你自己是怀着什么目的写作和出版你的小说的，是否有一个特殊的目的，还是内心有个故事，觉得一定要写出来？

答：如果说是有目的，无疑有点矫情。我只是希望尽可能真诚地把故事写出来，并不会想到要把什么高贵情操放进去。我总觉得有必要把我所关心的某些事情写下来，公之于众。然而，我不会说，我是因为世界上某个地方的女性的生活故事而写作，虽然或许她们的故事某些地方曾经触动我。用一个理论性的例子来说，假如我写了我姐妹的婚姻，那不是要告诉你她的故事。再举另一个更适当的例子，我写《海边》这部小说时，是源于内心的一些冲动。那是 20 世纪 90 年代末，当时阿富汗战争正进入高潮，一架飞机被其中一名乘客骑劫到了伦敦。这是一架国内航班，好像由喀布尔飞去赫拉特，劫机者把它劫持到伦敦，可能是为了加油。在电视新闻上我看到，那些乘客穿的不是打算去欧洲旅游的衣服，而是回国内探亲、看望孩子的便服。那个劫机者告诉当局，他们要寻求政治庇护，虽然大家都知道，不可能大部分乘客都有这个想法。到第二天，全体乘客都要求政治庇护了。我问我自己，那个老人究竟知道不知道他在做什么？我是曾经要求政治庇护的，年轻人或许有此需要，难民或一家人的也需要，但老人不会需要。我开始想老人寻求政治庇护的理由，想到一个人离开他的出生地，寻求庇护的种种理由，虽然那些理由我以前都思考过。然而，在这次事件中，一个老人要求政治庇护，我想了解其中的背景，什么事情让他非要寻求庇护不可。两天之后，我在电视上看到一段纪录片，是对一个移民局官员的跟拍。我们看到这个移民官如何审问一个寻求庇护的人，我对这个人做了些什么很感兴趣。这个事件让我想起更多关于难民的故事。然后，如果你之前对这类事情没有关注过，你就会找书看，当注意力集中在这个故事中时，你就会一直找资料，再根据那些资料汇合成一个事件，最后开始写起来。我这样说是因为《海边》这部小说就是这样开始写的。开始了之后，更多细节便不断呈现在脑海里，对我来说，要再花上一年的时间才能整理出来。其间虽然还有其他事情在做，但那个故事会不时跳出来，一点一点地变成笔记，于是你开始把故事写下来，这里写一些，那里写一些，就这样，整个故事就自发地跑出来了。

问：这么说，你是一边工作一边写作的？

答：我可以看到中间有某种联系，能够把这里和那里串联起来，发展成故事。所以，这可以说是长篇大论地回答你的短问题。

问:《海边》你用了多长时间写成？当然，我知道你还有其他工作，但从有这个小说的念头开始，到最后出版，整个过程有多久？

答：小说大约出版于2001年，我是1999年底写完的，至于写作时间，大概是一年吧，一年多一点。之后，等到出版社说可以出版，谈成、签约、印出来、放在书店，又用了一年左右的时间。这是针对其间出版社没有要求改动，我也没有修改而言的。所以，以《海边》为例，大约一年吧。但有些书出版周期会长一些，尤其像我这样在布莱顿居住，在坎特伯雷教书的人。我是几乎每天都两边走的，除了上班日一周有一天不需要吧。学期中，我是不能同时兼顾教书和写作的，因为自己体力不够，所以我会等到放假才写作，但写作本身不用花太多时间，因为有些前期工作已预先做好。更多的时间是花在组织故事架构、整理构思好的内容上的，直到差不多了，就开始写。根据我的个人经验，这个过程大约一年，然后你希望出版社编辑不会找你改来改去，否则会多花一年时间，看你如何在工作之余找出时间修改。有些时候，可能因为被其他事情耽搁了，腾不出时间来写作和修改，甚至多出一两个小时也不成，修改是颇为耗费时间的，甚至跟写作时间差不多。

问：当你脑海里酝酿着某些构思时，回忆在你的创作过程中扮演着什么角色？我说的是你个人的回忆，又或者是你家人的回忆，以及任何性质的集体回忆。

答：这样说吧，一定是跟回忆有关的，但不一定是那些发生在我个人或家人身上的那种对旧日事情的回忆。我不认为我写的故事在揭示真相方面是源自某一特别事件的回忆，但当中有可能某些片段源自我或我的家人的经历，又或者是我认识的某个人。事实上，故事本身没有揭示真相的能力，但其中某些小情节的确曾经发生在我或我的家人或我认识的人身上，或

226

者是根据他们听来的故事而写的。有人或许会觉得其中没有关联性，但这要看你想写什么和怎么写。有些作家，例如写侦探小说或戏剧性小说的，总会有一些特定的结构模式，能令小说情节按剧情需要发展，但也有些作家不追随这种模式和结构。他们不追求这是一个好故事，就用这个模式，而是作家通过把心中的构思和意念联系起来，试图解释某些事情，或者把那些意念延伸，使得故事情节得以发展。但问题是，在这样的写作过程中，作者本身可能对真实发生过的事情感到迷惑，或只是幻想成真实发生的，又或者是他以为发生的事情，其实没有发生过——这只是他捏造出来的故事。也有这样一个情况，人家说某些事情曾经发生过，但他说没有，因为他把关于这部分的记忆修改了。这可以用梦境来做模拟：如果你们幻想出一件事情，又没有人质疑的话，6 年之后，那便成了真实发生过的事情。而你会忘记真实发生的事情，这就是幻想与记忆的运作方式。记忆十分重要，它能使事情变成真实，但不是那种能让你把一个完整的故事放进文本中的那种真实。

问：你怎样形容文学上的南南关系（South-South Relations）？

答：文学上的南南关系不是新生事物，举例来说，当我的作品被形容为关注印度洋国家的，那便是南南关系的文学，因为我的作品勾连着印度洋的历史和文化。我早期的作品便以此为题材，直到近年，我的学术著作也在关注这一题材。这是我们一群生活在大都会、不以西方为中心的人，持续在做的一些事情。南南关系这个词有些人觉得很不错，但事实上我们已实行了颇长一段时间。

问：最后，有没有哪些人或哪些事，特别地影响了你的写作方式，或者影响了你对小说写作的兴趣？

答：这样说吧，没有什么人或什么事影响过我，让我觉得在某个年纪要成为什么样的人，我只是到了某个年龄段觉得，我想做一些事情，例如想去英国——在我那个年纪由一个地方移居到另一个地方是困难重重的事。作为一个陌生人，在困境中找寻出路，又抛弃自己的家园，这些事情无疑会对我产生影响。我不像伍尔夫夫人，她10岁就想成为作家。我就像一般人那样，只是在某一天写了点儿东西，然后越写越多，直到某一天，我想：这是什么东西？我应该怎样处理它们？这就是由把事情写下来过渡到写作的阶段。我写了点儿东西，我要把它们组织起来，这就不只是写了一些字在纸上，而是通过你的身体在发声。到差不多的时候，你发觉这就像一篇小说，于是你继续发展它，修改它。然后，你觉得停不下来了，就会全力以赴地去完成它，写完之后，又想修改得更加完美，然后又想到出版它。就这样，你就成了作家。